革樓

笨蛋工作室——監製・故事設定
廖柏茗——編劇
冰糖優花——作者

{ Contents }

楔子 來信 5
第一章 漩渦 25
第二章 罪惡感 45
第三章 隱情 63
第四章 保險箱 85
第五章 逃亡 125
終章 自由的到來 151

※本故事純屬虛構，如有雷同純屬巧合。

楔子

來信

『紀墨言　先生　台鑒

許久不見，是否過得安好？』

「糖葫蘆——」

「要饅頭嗎？」

「好吃的水煮玉米——」

充斥著叫賣聲的熱鬧大街上，兩旁有各色攤販擺在紅磚騎樓前，見到有人經過就熱情地招呼拉客。

賣糖葫蘆的拿著一根木桿，上面插著許多根紅豔豔的糖葫蘆，酸酸甜甜的李子裹著甜而不膩的麥芽，讓人想到那股滋味就口水直流；賣饅頭的打開竹籠，熱氣立刻撲面而來，弄得眼前一片白霧，麵粉香也隨之填滿鼻間；水煮玉米的攤販拉開最上頭的棉布，黃澄澄又粒粒飽滿的水煮玉米映入眼簾，玉米清香也擴散至四周。

不少人被食物的色澤及香味吸引，停下腳步詢價購買。與此同時，有幾輛載客三輪車騎過街道中央，車輪行經柏油路，些微塵土微微飛起。

剛走出報社，飛揚的塵土就飄落到黑色的皮鞋表面上，紀墨言彎腰抬腳，用手輕輕拍掉塵土，重新揹好有點滑落的公事包，從騎樓下走進人群。

今天要截稿的新聞稿提早交出去了，紀墨言決定犒賞一下自己，所以向總編說了一聲，準備提早回家好好休息。

雖然這年頭，記者能寫的東西有限，但若要將生活上發生的一些小事寫成一大篇報導，那也得絞盡腦汁，設法讓文章變得內文豐富，精彩有趣才行。而紀墨言在學生時期得過無數個文學獎的文采，就在這時發揮了作用。

不過，當初他之所以成為記者，不是為了寫這種報導啊……

紀墨言嘆了一口氣，快走到家時隨便在一攤麵攤買了一碗麵，打算當成晚餐。正在等麵時，旁邊的餛飩麵攤卻突然爆出一聲大吼，說得一口山東腔，有點難聽清楚在說什麼。

「就說了，別給俺加蔥！怎聽不懂啊！」

賣餛飩麵的攤主是本省人，說的是流利的台語，似乎因為一直聽不懂對方在說什麼，所以也生氣了。

「你這馬是咧講啥！我就聽無啊！講台語啦！（你現在是在說什麼！我聽不懂啊！說台語啦！）」

「聽無？你做生意，怎還聽不懂普通話啊！乾脆別出來做生意啦！」

說著山東話的老先生更火大了，不停用手指著老闆的鼻子大罵。被罵的老闆也不甘示弱，扔掉手裡的撈勺，手也對著老先生東比西劃，嘴裡像機關槍一樣不停地唸：

「你掠準講我愛賣你喔？好啊，莫買就莫買啦！恁爸美厭賣你啦！共我走！（你以為我想賣你嗎？好啊，不買就不買啦！老子不想賣你啦！給我走！）」

兩人就此吵得不可開交，口沫橫飛，其他客人都紛紛走避，不想被扯進去，甚至有人跑走，看樣子是想去叫警察來。

這種衝突十分常見，因為本省與外省的語言、腔調有些不同，本省人常聽不懂外省人說的話，反之也一樣，不過最後也不會真的打起來，畢竟打起來會被逮捕，根本得不償失。

紀墨言的湯麵在這時煮好了，他提著湯麵，走到租屋處的騎樓下，準備從一旁的樓梯上樓時，騎著腳踏車送件的郵差停在他背後，喚了一聲：

「請問是二樓的紀墨言先生嗎？」

「是，我是。」

「正好，有您的信喔。」

郵差跨下腳踏車，從綠色的大背包裡拿出一封信給紀墨言。

「謝謝，辛苦了。」

紀墨言接下信後對郵差點點頭示意，站在原地看了看上頭寫的地址及寄信人的姓名。

——宋玉華，長安療養院。

他還記得宋玉華這個朋友。兩人是在某次「任務」中認識的，雖然有很多年沒有聯繫了，不過紀墨言依舊記得這個人。

幾年前，紀墨言為了採訪工作，在傍晚時來到市內特別知名的高檔飯店。這家飯店的顧客幾乎都是國內屈指可數的有錢人，收費昂貴，這一點也體現在飯店的裝潢上。

一走進去，入口的大門、接待大廳的櫃台都金光閃閃，大廳的天花板上則吊著巨大的水晶吊燈，光反射在光滑、一塵不染的白色大理石地板上，讓室內變得更閃耀炫目。

是西式的飯店，這讓紀墨言有了一點好感，總比那一堆日式風格的旅館好多了。他常常不明白那些崇尚日本的人在想什麼，是否都忘了那些遺留下來的日式建築、日本文化背後的歷史。

紀墨言有點害怕弄髒或是弄壞了什麼，腳步不自覺地放輕放緩，肩膀微微縮了縮，緊張到連手都緊緊抓著背包背帶。

這天的採訪工作是政府機關的年末酒會。大概是為了告訴人民國家現今的安逸、政府的有能，據說政府每年都會舉辦年末酒會，邀請各界的政商名人來參加。紀墨言會來進行採訪，也是因為政府機關請報社撰寫一篇報導。

人家都說，筆也是種武器，若是用得好，能將文字化為利器，發揮任何效用。這點紀墨言也十分明白，他也很清楚自己的文字有多大的力量，所以對這次的採訪有些忐忑不安。

用自己的筆寫下這種「只能讚揚」的報導是好的嗎？他不敢斷言，畢竟在戒嚴令實施之前，他的文字更加自由，也能表達更多東西……用途比現在廣泛多了。

他不禁抬手搓了搓鼻子，有點心虛。不過在他踏入宴會廳時，他馬上整理好了思緒，專注地投入工作。

紀墨言在宴會廳內到處採訪各界的高層名流，採訪了五六位高層之後就有點疲憊了，為了整理思緒，打算暫時離開一會兒。當他走出宴會廳，要走進男廁時一個沒注意，與一位身穿華麗低胸晚禮服的黑髮美人撞個正著。

喀啦——有什麼硬物掉到地上的聲音。

紀墨言拚命低頭道歉，並下意識地在地上尋找剛才發出聲響的東西，想幫對方撿起來。

他的視線順著剛才聲音傳來的方向看去，是一把尺寸大約掌心大小，整個黑得發亮，泛著冷冽光芒的——是手槍嗎？

但還沒得到答案，下一秒就有一隻白皙細長的手撿起了那個黑色的物體，並不著痕跡地藏到身後。

紀墨言立刻抬頭，對上美人那雙明亮的大眼。一頭烏黑秀髮燙著大波浪捲，全數挽到了一邊，肌膚白皙滑嫩，睫毛濃密得有如一把扇子，配上一對鮮豔的紅唇，那嘴角輕輕往上一勾，彷彿勾動了心裡的某條弦，讓人不自覺地注意她。

他不由自主地吞了一口口水，緩緩直起身，與美人相對。

「不、不好意思，妳沒事吧？」

美人輕笑一聲，搖搖頭，「沒事，我不要緊，我先走了。」

「好……」

美人說完，轉身走向宴會廳，雙手優雅地拉起身前的裙襬。

紀墨言望著美人的背影愣了幾秒才回神，邊甩頭邊走向男廁。不對不對，現在不是看美人的時候，通常會出現在這種地方的都是有錢有勢有地位的人，他可高攀不起。

……但剛剛掉在地上的東西呢？那個黑得發亮，形似手槍的東西──

他又立刻回頭看向宴會廳的方向，卻沒見到那個美人的身影，彷彿剛才發生的事就像一場夢。

「……是我看錯了嗎？」

紀墨言歪著頭，不解地走進男廁。

等酒會結束，已經接近深夜了。

紀墨言疲憊地走出飯店，沿著周邊走往飯店後方。

——砰！

突然間，一聲巨響傳來，讓紀墨言整個人震了一下，甚至縮起脖子，定在原地看著四周，想看看是不是哪裡發生了爆炸。同時間，身旁有許多人或走或跑地經過，其中還有幾人大喊著：

「方議員中槍了！人跑了，快去抓人！」

「別讓人跑了！」

方議員？

紀墨言的眼珠動了動。

今天來參加這場宴會的方議員，就只有一位。

方正嚴，是出了名的親日派，也經常飛到日本去，許多人認為他和日方政府有所勾結，對他的觀感都不是很好。

一片慌亂中，紀墨言加快了腳步，快步走過飯店，來到後面一條街。

比起繁華熱鬧的飯店周邊，後面這條街人煙稀少，此時這條路上也只有紀墨言一個人，沒有其他路人。畢竟飯店發生了那麼大的事，肯定所有人都跑去那邊湊熱鬧了。

不過，槍嗎？

腦海中閃過方才掉在飯店走道上的槍，與他相撞的美人……

紀墨言搖搖頭，站在原地緩了一會兒。

不，不可能，怎麼可能會被他剛好遇到，而且那個美人的身形纖細，看似柔弱，有可能做到這種事嗎？

當他打算再度邁開腳步時，面前突然傳來一聲輕響——

他抬起頭，看到不久前撞到的美人從圍牆上跳下來，還維持著落地的姿勢。她轉頭看到紀墨言也有些驚訝，不過沒有維持太久，情緒轉瞬而逝。

「…………妳是……」

「啊，你是在廁所遇見的人？真是剛好，又被你撞見了？」

美人的一頭黑色長髮雖然有點凌亂，但身上的禮服和高跟鞋仍沒有任何損傷或異樣，幾乎跟不久前見到的模樣相同。

不一樣的是，紀墨言這次因為美人落地的姿勢，清楚看到了她放在大腿內側的漆黑手槍。

「難道……剛才真的是妳——」

話還沒說完，路的兩端都傳來吵吵鬧鬧的人聲，大多都是男人的聲音，喊著「快包圍起來！」、「她往這邊跑了！」、「快抓住她！」

「嘖，來得真快！」

美人輕咂舌了一聲，往左右看了看，似乎在找能夠逃跑的路。不過這條巷子很小，除了兩端的路口或是圍牆上面，根本沒有別條路可逃。

紀墨言的視線一掃，看見路旁有某間餐廳的後門，隨即抓住美人纖細的手腕，拔腿就從後門衝進餐廳，又從餐廳的正門竄到人聲鼎沸的鬧街上，帶著她左彎右拐地逃了一整路，直到徹底甩掉了追兵。

兩人最後躲進一條暗巷，一起背靠著牆壁，大口大口地喘著氣。美人甚至累到不顧及形象，兩腳一伸就把高跟鞋踢掉，吃痛地揉了揉被鞋子磨得紅腫的雙腳。

「謝……謝謝你了，能問問你的名字嗎？」

美人都開口問了，紀墨言也不覺得自己有什麼拒絕的理由，因此乾脆地回答：「紀墨言。」

「好，紀先生，謝謝你這次的幫忙，政府會感激你的。」

紀墨言皺起眉，「妳是政府的要員？」

美人不以為意地挑了挑眉，視線不著痕跡地掠過紀墨言揹在肩上的包包及全身上下的打扮，嘴角輕輕揚起帶著魅惑的笑，輕道：

「你是記者？」

紀墨言稍微睜大了眼，雖然沒說話，但是細微的表情就是答案。

當他還呆愣在原地時，美人直接將手伸進了紀墨言的背包，不到一秒便從裡面拿出了一張名片，上面寫著的資訊正是紀墨言的聯繫方式。

「我是宋玉華。這張名片我就收下了，或許之後我有情報的需求會需要你的幫忙，到時候我會主動聯絡你。」

宋玉華將名片藏進低胸禮服的胸口處，讓紀墨言有些尷尬地移開視線。宛如純情男孩的靦腆反應讓宋玉華又輕笑出聲，但也沒多停留，揮揮手就轉身離開。

「那麼，後會有期了。」

在那之後，宋玉華的確也主動聯繫過紀墨言，紀墨言也曾經幫過她幾次忙。雖然未必每次都會見到面，但紀墨言對她的印象一直都很深。

首先，因為宋玉華有著令人驚嘆的容貌，美得無法言喻，第一次見到她的男人都會失去思考能力。另外一點則是她的能力，雖然不能對外明說，但她為了政府，甚至願意付出自己的美貌，這一點令紀墨言既敬佩又惋惜。

不過……長安療養院？她現在住在這裡嗎？

他看著信封緊皺起眉，加快腳步走上樓，飛快地拿出鑰匙打開家門。

進門後，紀墨言換上拖鞋走進屋內，來到書桌前，習慣性地打開桌上的廣播收音機，放下公事包後才坐上椅子，仔細打量著那封信，耳裡則聽著混雜了雜訊的機械化人聲。

『全國聽眾大家好，以下替政府公告。依據我國全民防衛動員準備法，為提高全民憂患意識，提升緊急應變能力，平日應做好戰訓準備。總統在今日上午發布了「靖安三號」演習的指令，宣布將於二十四小時內，進行演習活動，請各位聽眾不要外出。那麼，現在正是唯美的傍晚時分，讓我們來聽一曲動聽的〈港都夜雨〉……』

機器裡傳來了低沉渾厚的男聲及憂愁的曲調。

伴著這個歌聲，紀墨言觀察過信封表面沒有任何暗號或可疑之處後，用小刀劃開了信封口，取出信紙。裡頭的字跡秀麗端莊，就如同主人一樣。

『紀墨言　先生　台鑒

許久不見，是否過得安好？

此次來信，不為其他，由於多年未見，是有事相求。

無奈玉華現在居於療養院中，不便前去探訪，因此寫信給墨言，想請墨言前來。

玉華深知此等請求有些自私，心裡有些歉意，但仍希望能與墨言相約於後述的時間，於長安療養院相見。』

紀墨言看完了信，心裡的疑惑卻越來越深。

宋玉華現在竟然住進了療養院？是想拜託自己什麼事呢？

他又看了一眼信上寫的日期、時間及長安療養院的地址，與自己的行程比對後，下定了決心。

畢竟宋玉華的職業特殊，政府也有可能抽查書信內容，或許她是不方便在書信裡說。既然她想見面再說，就去看看吧。

紀墨言將信收回信封，然後打開中間那格抽屜，取出裡頭的幾本書後拉開底板——將信放進夾層，再層層放回原位。

二

一週後，紀墨言一早就揹著公事包跳上火車，找到自己的位置後坐下休息，準備依約前往長安療養院。等火車順利駛動，紀墨言從包包裡拿出筆記本，利用時間統整一下這幾天的採訪內容。

火車搖搖晃晃，駛過田原及森林，斷斷續續開了幾小時後抵達目的地。紀墨言跟著一大群旅客走下火車，在月台上左顧右望。

「這裡……很熱鬧呢。」

走出火車站以後也是，周遭的市集滿是人群，有一大群小吃攤販，人聲鼎沸。在人群中勉強張望，紀墨言才看到左手邊有一排三輪車，車夫們正在陰影處納涼。

畢竟他對這裡人生地不熟，紀墨言打算搭車前往，走向第一輛三輪車。

車夫看到他停在載客車棚旁，立刻跑過來，拿下脖子上的毛巾拍了拍座椅，揚起純樸親切的笑容道：

「客人，請問要坐車嗎？」

「對，麻煩載我去長安療養院。」

話音剛落，車夫揚起的嘴角明顯地僵了一下，表情有些遲疑。

「您……是說長安療養院嗎？」

對方的語氣裡帶了一點不安害怕，讓紀墨言不解地微微皺起眉。

「對，怎麼了嗎？還是說……不方便？」

「啊，這個……」

車夫往後看著排在自己後面的幾輛三輪車——其他車夫都虎視眈眈地看著紀墨言——他思索了一下，很是為難地咬咬唇，最後點頭答應。

「客人，請上車。不過，我只能送您到療養院前面的路口，之後要麻煩您自己走進去。」

「好，沒問題。」

等紀墨言邁開長腿，坐上載客車棚後，車夫拉起車棚為他遮陽。準備萬全後跨上三輪車，踩動車輪。

三輪車緩緩行駛在柏油路上，但路面有些凹凸不平，整台車搖搖晃晃。駛過熱鬧的街道後，人煙逐漸變得稀少，似乎漸漸地駛進了偏僻的郊區，腳下的路也不再是柏油路，而是黃土路。三輪車駛過的地方都塵土飛揚，後方一片黃霧。紀墨言看著前方，發覺這個地方真的十分荒涼。放眼望去，到處都是田原、草地，遠處則是幾座山脈，一路上都毫無人煙，只有三輪車車輪轉動的喀啦聲在耳邊迴盪。

這讓紀墨言有點不安。儘管他當記者久了，看過、聽過許多事而練就了比較大顆的膽子，但是宋玉華住在療養院的這一點就讓他覺得不對勁，包括剛才司機的反應、逐漸變荒涼的四周，種種一切都加重他的疑惑及不安。

「不好意思……請問，方便問您一個問題嗎？」

紀墨言小心翼翼地對前面踩著三輪車的年邁車夫說。

「好啊，您請說。」

「剛才您聽到我說要去長安療養院時，好像有點害怕，又有點猶豫。請問是怎麼了呢？」

「呃，這……」

車夫踩著踏板的雙腳頓了一下，遲疑地問：「客人，您不知道長安療養院是什麼地方，就要去那裡嗎？」

「喔，我是收到朋友的信說她現在住在那裡，想要我來見她一面才來的。」

「這樣啊。您的朋友……希望他平安無事。」

「這是什麼意思？」

「就是——唉，客人，您是外地人，所以不知道。長安療養院……」車夫欲言又止，思考幾秒鐘後放緩了語氣：「在我們這裡的人眼裡是很危險的地方。」

「危險？能再說清楚一點嗎？」

車夫無奈地轉頭看了紀墨言一眼，嘆一口氣後認命地說：

「那間療養院在晚上，常常傳出悽慘的尖叫聲。鬼吼鬼叫的，住在附近的人幾乎每天晚上都會聽到。還有人看過他們丟掉沾滿鮮血的床單，嚇得所有人都搬走了。聽說啊，會發出尖叫聲是因為裡面在進行人體實驗，那間療養院還會販賣人體器官，不過，也有人說裡面關的那些人都是……那個，尖叫聲是因為在刑求逼供。」

車夫含糊其辭，讓紀墨言不解地問：「那個是指？」

「就是那個啊！」車夫拉低了聲音，轉頭悄悄地說：「就是親近另一個國家的人。」

紀墨言恍然大悟。

「不過，我也聽過別人說裡面都是鬼，不是真人。但客人，既然您的朋友在裡面，這種說法應該不會是真的吧？」

紀墨言點點頭但不願多說，淡淡地回應：「謝謝您告訴我這麼多。」

「不會，只是一點小事。但是客人，您到那邊請一定要小心啊。」

「我知道，我會的。謝謝您。」

紀墨言勾起禮貌的微笑，微微低頭表示謝意。

三輪車又騎了一會兒，在毫無人煙的地帶中，於一條小路前停了下來。

「客人，不好意思，我實在不敢再過去了，要麻煩您從這裡走過去。長安療養院就在這條小路的盡頭。」

「好，我知道了，謝謝您。」

紀墨言下車付了錢，目送車夫離開才轉頭看向那條小路。不遠的盡頭的確有一座白色的大門，應該就是那裡了。大略估算過時間距離後，紀墨言開始踩著石子路，一步步走去。

約莫十分鐘後，紀墨言站定在一道戒備森嚴的鐵門前，看著一旁白牆上的幾個大字：長安療養院。

歷經千里迢迢的路途，總算到了。紀墨言看到牆邊的警衛室前有幾名人正在和警衛說什麼，也趕緊走過去。

警衛室前的高壯警衛遠遠就看到了他，見到紀墨言走近就主動開口：

「您是哪位？」

「我收到了朋友寄給我的信，約好今天來和她見面。」

「姓名是？」

「宋玉華。」

警衛從警衛室裡拿出一份文件，低頭確認後點點頭：「有登記，所有人就等你一起進去了。」

警衛一邊說一邊指著其他四個人，讓紀墨言有些不好意思地朝四人低下頭，「抱歉，讓各位久等了。」

其中三人也對紀墨言微微低頭回應，另一位離紀墨言最近，留著短髮，看起來爽朗的女人堆起燦爛的笑說：「沒關係！不用在意！」

「那你們再稍等一下，我請人來帶各位進去。」

警衛說完就走進警衛室，留下五人站在原地乾等。

或許是覺得無趣，剛才熱情回應的女人又對紀墨言笑道：

「您好！我叫胡如玉，是個作家。」

她伸出手，想與紀墨言握手。或許是工作性質相近，讓紀墨言聽到她是作家就有種親近感，也不排斥地握住她的手。

「您好，我是記者紀墨言。」

「你是記者啊？剛才我也和其他人認識了一下，我們都是做不同的行業呢！真有緣分！」胡如玉又轉頭看向其他人，「各位，既然我們那麼有緣分，也和墨言認識一下吧？」

這……有點太熱情了吧？

不過其他人只有面面相覷，彼此看了看後，站得最靠近門邊，一身西裝筆挺的斯文男人先帶著微笑，伸手從外套內袋拿出一張名片並開口：「張錦祥，是個醫生。這是我的名片，如果想找醫生就打給我吧。」

「謝謝。」

紀墨言接下名片，收進皮包。

接著往右輪到一名戴著眼鏡，一頭黑色長髮如瀑，十分有氣質的女生輕緩地說：「畫家白晴。」

再往右是一身輕便服裝，短髮俐落的壯碩男人。他板著臉，毫無興趣地道：「何文豪。」

「他是警察。」胡如玉補充了一句。

紀墨言對所有人露出不失禮的微笑。這時，一位穿著白色護士裝的女子出現在敞開的大門後。

「你們是今天的客人？」

眾人立刻一起轉頭看去，並點點頭。

「請跟我來。」護士說完，也不等所有人回應，轉身就走進裡頭，五人立刻加緊腳步跟上。

第一章

漩渦

從他們踏入療養院的那一刻起，
早就別無選擇地，被捲入了可怕的漩渦中。

「由於本院的探訪時段是有限制的，加上今天外面有演習，大概再三個小時就要開始，到時交通會中斷，因此今天的探訪會採取集體行動，時間上我們會控制，希望在演習前能讓各位順利離開。」

護士邊說邊帶領五人走過前庭。除了一行人腳下的蜿蜒小路，其餘空地都種滿了各式各樣的花草樹木，有幾位穿著雪白麻製病患服的人站在裡頭。紀墨言看到他們圍站成一個圈，都低頭看著同一個地方。

他順著看去，發現那塊地方的土比較雜亂，顯然曾經翻動過，還有一點隆起，彷彿埋了什麼東西。但當他想看得更仔細時，護士打開厚重的玻璃門，側身讓五人先進去，說道：

「各位雖然是來賓，但視同本院病患，皆須遵守本院規範。因此還請大家勿做出逾矩的行為。」

紀墨言因此回過神，也趕緊跟上其他人的腳步，走進裡頭。

療養院是一棟四層樓高的白色建築，走進一樓大廳後，護士也沒有多介紹什麼，直接向左轉，帶五人來到大廳旁的餐廳區，有兩位女子坐在裡頭。

紀墨言馬上認出了坐在右邊的人就是宋玉華，雖然她將以往的長髮剪成了一頭短髮，神情也不像以前那麼自信開朗，但出眾亮眼的容貌依舊，令人第一眼就能看到她。

而坐在她身旁的另一個女人長相和她有點相似，留著一頭烏黑長髮，整齊地攏到後頸，束成一支馬尾。兩人相似的黑色大眼都幽深又漆黑，宛如黑洞，隨時會把人吸進去。

有些不對勁。紀墨言原本想上前和宋玉華說話的腳步一頓。

「這兩位是宋玉華小姐和宋馨和小姐，兩位剛好是姊妹，大概半年前到我們院內，兩位的適應及表現都很良好，是院內模範病患。」

護士轉向兩位女子，先後指向紀墨言與醫生張錦祥續道：

「宋玉華，這位先生是妳的訪客。宋馨和，這位醫生是來找妳的。」

與宋玉華長得很相似的女人——宋馨和彷彿被電到一般，害怕地彈起身子，之後又遲疑地坐下，神情很是驚恐。

這個反應是怎麼回事？

紀墨言疑惑地心想，走上前一步，正想開口和宋玉華打聲招呼時，突然有一道極具威嚴的男聲響徹餐廳。

「模範病患？我不這麼認為。」

所有人都循聲看去，發現樓上有一位穿著病患服的男人走下來。

男人剃了一頭清爽的平頭，身材壯碩，深邃的五官中帶著一點文藝氣息，但半點表情都沒有，線條生硬嚴肅。他從二樓踩著沉重的步伐走下來，舉止間都帶著威嚴。

「這位是李世傑，是我們院內的班長。我們療養院跟一般外界療養院不一樣的地方，在於我們是採取人道管理方式，由病患自主管理，因此，一些表現良好的病患會配發臂章，協助管理事宜，跟一般病患做出區隔。」

護士介紹完時，名為李世傑的男人也站定在宋氏姊妹面前，緩緩開口：

「兩位吃過了嗎？」

「還沒有。」宋玉華搖搖頭。

「那從早上到現在，應該有喝過水了吧？」

「……」這次換宋馨和搖搖頭。

見狀，李世傑滿意地點點頭，續道：

「很好！我希望昨天的事不要再發生。時間差不多了，我們現在來進行精神喊話。」他踱步來到貼在白牆上的海報面前，指著最右邊的第一列喊道，「第一條——」

「不要！」

宋玉華突然摀住耳朵大喊一聲，吸引了所有人的目光。

她是怎麼了？以前的宋玉華是很有自信、亮麗的美人……現在的她卻失去了那份明亮，彷彿在害怕什麼。紀墨言疑惑地皺眉心想，又往牆上的海報看去。

『辨明是非，遵守禮義。
服從規範，敬愛尊長。
提昇素質，澄清心靈。
自我守德，刻苦耐勞。
嚴整紀律，節約奉獻。』

海報上的標語看起來沒有任何異樣，是什麼讓她那麼害怕？

當他的腦袋還在運轉時，李世傑看著宋玉華開口：

「有什麼問題嗎？」

「我不要喊！」宋玉華用力搖著頭。

她身旁的宋馨和見狀，有些憐憫又同情地低下頭，伸手輕輕拍著宋玉華的背安撫她，並說：「她應該是生病了。」語氣聽起來有點無奈。

但李世傑顯然不信，轉而看向護士：「在長安療養院是沒有生病這件事的，對吧？」

護士點點頭後，李世傑續道：「所以妳一定在說謊！」

「我沒有！」宋玉華瞪了李世傑一眼。

「抱歉讓各位見笑了，我想應該是她們出了點問題，我先帶各位參觀，了解我們的院史發展。也給她們一點時間，好好思考院長平日的教誨。」

李世傑將手揹在背後，猶如軍隊長官一般大步走在前方，要帶著五人繼續參觀。

紀墨言不放心地回頭望了宋玉華一眼，看到護士站在宋氏姊妹面前低聲說著什麼，但是聲音太小了，連只差了幾步之遙的紀墨言也聽不到。但其他人跟著李世傑往前走了，他只能回頭跟上隊伍。

李世傑帶五人沿著餐廳的牆壁繞行，四面牆上都掛著許多照片及獎章。走到一張獎狀前時，李世傑指著那張獎狀說：

「我們長安療養院，是國內首屈一指的醫療院所，各位等一下參觀時就會發現，我們提供了舒適的生活環境，讓病患在這裡有宛如置身在家中的感覺。」語氣很是驕傲。

紀墨言順著他指的方向看去，發現是一張獎狀，是內政部頒發的績優醫療院所獎狀。

接著，李世傑又帶著五人走到下一張照片前。照片裡有名戴著眼鏡，身穿白袍的男人站在中間，兩側則是幾位穿著軍裝的男人。他指著那名穿著白袍的男人說：「這位是我們的院長。他從小就立定志願，要創立一間以人為本的療養院，讓每個病患不僅能得到妥善的照顧，更能獲得平等跟尊嚴。」

最後一句話讓紀墨言皺起眉。

——能獲得平等與尊嚴……卻讓原本應該身分平等的病患得到更高的身分，戴上臂章，並管理其他病患？

不過其他人似乎都不覺得這番話有問題，繼續跟著李世傑走。紀墨言也沒有想要與其他人分享的意思，抬腳跟上。

他們繞著餐廳快走完一圈，要走回宋家姊妹所在的地方時，一旁的牆上有一個綠色的塑膠製信箱，上頭寫著「院長信箱」。

李世傑熟練地打開信箱，從裡頭拿出了一封信。

下一秒，宋馨和立刻害怕地站起身，立正大喊：

「我知道！辨明是非，遵守禮義。服從規範，敬愛尊長。提昇素質……」

「停。」

李世傑抬手一說，宋馨和又馬上噤住了聲。

李世傑看向宋玉華：「換妳。」

但宋玉華依舊咬著唇，不服氣地說：「我們需要水跟吃的，我們從昨天晚餐開始……」

「換妳。」

「你不能這麼做——」

「換妳。」

或許是李世傑強硬的態度讓宋玉華不得不服，她頓了一下，小聲地說：「……辨明是非，遵守禮義。服從規範，敬愛尊長。提昇素質，澄清心靈。自我守德，刻苦耐勞。嚴整紀律，節約奉獻。」

「看吧，妳做得到的，沒有很難。」

李世傑轉身從另一張桌上拿起水壺和兩個玻璃杯，將杯子分別放在兩人面前。

「賞罰分明，是邁向穩定發展的關鍵。」

他拿著水壺往杯子裡倒水，但沒有任何水流出來——水壺裡是空的。

李世傑假裝倒著水，在宋馨和面前停留許久，在宋玉華面前則不到一秒。只見宋馨和開心地拿起空杯喝著，而宋玉華一動也不動。

宋馨和喝完後，很有禮貌地行了個禮：「謝謝班長。」

不過宋玉華不買單。

「你在耍我們。」

這句話也是紀墨言的內心話。

這群人到底在做什麼？又是硬逼他人念出牆上的標語，又是假裝倒水，令人一頭霧水到了極點。紀墨言轉頭看向其他人，其他四人也面面相覷，顯然不只是紀墨言，其他人也完全搞不懂這是在做什麼。

餐廳內充斥著異樣感及不自然，這一群人的一舉一動也都顯得刻意，彷彿他們這群賓客不在現場。

這三人是在演戲嗎？演給特意寫信邀請來的客人看？那目的是什麼？

不過，紀墨言轉念一想——這裡是療養院，這些人或許是在看不到的地方出了問題，才會住進這裡，言行令人無法理解似乎又是很正常的事。

李世傑此時又開口說話：「我們來看看院長信箱裡收到了什麼吧。」

紀墨言抬眼看向李世傑，看著他悠悠地拿起剛才那封信，攤開來，朗聲念著：「宋玉華，男女關係穢亂，同時與許多男性糾纏不清，行為不檢，嚴重破壞院內道德分際，為避免傷害其他病患權益，建議予以懲處。」

「咦？」

紀墨言忍不住發出疑惑的單音，這算什麼？檢舉信嗎？與其餘四人同時轉頭看向宋玉華。

「那是有人栽贓！」宋玉華不滿地反駁。

「但是無風不起浪，護士肯定也曾聽到了一些傳聞，對吧？」

李世傑說完後看向護士，但護士搖搖頭，表示不清楚。

他續道：「總之，有人檢舉，我們就有義務調查清楚。」

這時，宋馨和猛地站起身說：「我有話想對他們說。」

李世傑：「什麼話不能在這裡說？」

「如果在這裡的話，那我就不說了。」

李世傑哼了一聲：「故弄神祕。好，妳去吧。」

宋玉華卻著急地拉住宋馨和，「姊，不可以！妳要做什麼？」

但宋馨和不理會她，一臉冷漠地扯掉宋玉華的手，看著五人說：

「請跟我來。」說完就轉身走向餐廳門口。

眼前令人不解的一切讓五人不安到了極點，現在又要他們跟著令人不解的當事人走，五人的腳步不免都有些遲疑。

五人再度互相看了看，正在猶豫時，宋馨和又回頭催促：「快過來。」

也只能跟上去了。

紀墨言回頭看去，發現護士沒有跟上來，她正在與宋玉華及李世傑說著什麼，並將手伸進口袋……但是還來不及看清她拿出了什麼東西，宋馨和就帶著五人走出餐廳，從走廊盡頭的樓梯走上二樓。

這間療養院裡，四處都是白牆。樓梯間的牆上貼著布告欄，上面貼著幾張公告。其中，有一兩張紙像是被利爪抓過一樣，有被撕裂劃破的痕跡。或許是出於職業本能，紀墨言想仔細看看上頭寫了什麼，不過只看到了「出院名單」，底下有一個表格，一一寫出了姓名等資料。

似乎沒有什麼。落到隊伍最後的紀墨言跟上去。

五人跟著宋馨和走了不久，來到長長的通道中間後停下來，走進一間房間裡。抬頭看了一眼，有個木牌上刻著「圖書區」。

走進圖書區，映入眼簾的是幾張木製的長方形書桌，旁邊都放著鐵椅子，房間裡面是一排排大型書架。

只見宋馨和帶頭走進來，不理會五人就逕自走進其中兩排書櫃之間，不出幾秒就拿著兩個東西回來。

「張錦祥？」她看著醫生張錦祥問道。

被點名的張錦祥立刻點點頭，走上前一步：「好久不見了，宋馨和。」

但宋馨和卻將手上的物品塞進他胸前，自顧自地說：

「你可以幫我聽看看它是不是生病了嗎？拜託你。」

她遞給張錦祥的，是一個熊布偶和一個聽診器。

張錦祥皺起眉，疑惑地看著被塞到手裡的東西，很是猶豫。

宋馨和再次加重語氣說：「幫我聽聽看吧。」

「好、好……」

張錦祥戴上聽診器，放在熊布偶的胸口，想裝個樣子，然而，耳裡傳來了滴滴滴的不規律聲響。

真的有聲音？可是，這個聲音又沒有規律，實在不像心跳聲。

他疑惑地看著宋馨和——對上她雙眼的瞬間，突然覺得她的眼神和剛才不太一樣。

她的眼裡有光，彷彿變了一個人。

張錦祥更加疑惑地拿下聽診器，沒說什麼。而宋馨和又轉身走到某一排書架前，拿出一本書並說：

「我跟我妹常在這裡看書，這裡很奇怪，有的書會不見。你們看，像這本戀愛小說就只有下集，找不到上集，所以平時就很少人會去動它。但最近，我發現這本書每次擺放的位置都有點不一樣，就發現我妹妹會去拿下集。有一次，我在她放回原位後偷偷拿起來看，發現裡面藏了一張紙條。」

宋馨和隨意翻著手上的書，之後又放了回去。

「內容我不記得了，總之是一些露骨的話。之後我常常故意守在這附近，看小玉的紙條是寫給誰的。最後，總算讓我等到了，我看見有人半夜走下來這邊，熟門熟路地拿出紙條……」

她頓了幾秒，以一雙清澈的眼眸盯著張錦祥說：

「是院長，小玉偷情的對象是院長，難怪她會這麼神祕。」

在一旁聽著的紀墨言微微瞪大了眼，有點驚訝地看著宋馨和。

——所以說，剛才從院長信箱中拿出來的信是宋馨和寫的？

一旁的警察何文豪似乎也想到了同一件事，垂下眼思索了幾秒，不過都沒有人說話。

因為不知道為什麼，這間療養院表面上看似安祥卻籠罩著詭異的氣息，就像表面一片平靜的大海底下暗藏著無法察覺的漩渦，讓人生怕走錯一步、說錯一句話，就會被捲進可怕的漩渦，再怎麼掙扎都無法逃脫。

「……對了，我不能耽誤你們太多時間，我們走吧。」

宋馨和的話喚回紀墨言的神智。五人被宋馨和帶著，走出圖書區後，一陣清脆響亮的拍手聲響徹了整條走廊。

轉頭看去——是李世傑，他和宋玉華、護士站在走廊的另一端，嘴角高高揚起，雙眼放光，像隻抓到了獵物的獵豹，帶著一點嗜血的氣息。

「宋馨和，非常好！妳辨明是非，遵守禮義。」

宋馨和驚訝地回道：「你同意我只講給他們聽的！」

李世傑：「在大是大非之前，沒有什麼好遮遮掩掩的。」

宋馨和轉向宋玉華：「小玉，我不是故意的。」

「妳就是故意的！妳為什麼要說謊！」

宋玉華失控地大步跑來，眾人以為她會狠狠抓住宋馨和的衣領，卻看到她筆直地跑向站在最後面的紀墨言，抓住他的手就跑進一旁的廁所裡！

「啊！」

「小玉！妳做什麼！」

畫家白晴被嚇得不輕，忍不住驚叫出聲，而宋馨和在驚訝之餘，仍伸出手想拉住兩人，不過事情發生得太突然，反應不及。

李世傑迅速地跑到廁所前，大力地拍著門板，同時不斷試著轉動門把。

「出來！宋玉華，妳這是違抗規定，放蕩！我們曾經給妳機會澄清，是妳自己不好好把握的。妳現在難道想敗壞療養院的名聲嗎？」李世傑又轉頭對護士說：「去拿鑰匙，千萬不能讓她得逞！」

「好。」護士轉身下樓去拿鑰匙，而宋馨和也一起拍著門板。

「她為什麼要關在裡面？小玉，妳出來！事情不是妳想的那樣。」

李世傑轉頭嚴厲地警告宋馨和：「如果她到時候幹了什麼不該做的事，妳也一樣逃不掉。」

但宋馨和無心理會他，只拚命地拍著門板大喊，期望得到妹妹的回應。

「小玉，開門，我拜託妳開門，妳不要跟自己過不去！」

李世傑：「宋玉華，妳現在的行為已經違反我長安療養院的多條規定，我現在鄭重地要求妳立刻開門，否則將處以禁閉的懲處。妳的家人跟室友都需要負連帶責任，不要因為自己的任性妄為而害了其他人！」

「我才沒有跟院長偷情，紀墨言才是我的命定之人！」

另一邊，廁所內的紀墨言看著宋玉華一邊朝著門口大喊，一邊扯下黏在手背上的包紮用膠帶，而原本包紮起來的地方毫髮無傷。

宋玉華迅速走到牆邊，打開變電箱，貼在一個方形裝置上面。之後當她再度轉過身時，模樣和紀墨言記憶裡的宋玉華重合……

這才是原本充滿自信的她。

是真正的她。

宋玉華湊近紀墨言，低聲說：

「我跟院長的事是假的，只是想製造能和你獨處的機會。你聽好了，我們是無辜的，我們沒有瘋，瘋的是護士跟院長，你們千萬不能相信院方，他們在說謊。」

「什麼……？」

「你是在場唯一知道我曾經是特務的人，你一定會相信我的吧？」

「我……」

手不自覺地在發抖，甚至連喉嚨都有些乾涸。

紀墨言看著宋玉華，視線有些不安地游移，像在確認什麼。

宋玉華似乎也看出了這一點，伸手抓住了紀墨言的雙肩，沉聲道：

「我需要你，這次我只有你了，墨言。」

「可是，妳想做什麼？就算瘋的真的是院方，那妳打算做什麼？」

「你知道今天政府會有演習吧？但這次演習的目的是清鄉，我需要你帶著證據文件去揭發這件事。」

雖然早有預感，紀墨言仍不禁瞪大了眼。

至此，紀墨言心裡真的確信了這一次宋玉華會找他過來，肯定是為了重要的大事。而且從他們踏入療養院的那一刻起，早就別無選擇地，被捲入了可怕的漩渦中。

紀墨言腦袋警鈴大作。他有預感，這次或許無法輕易逃脫，甚至是會危及性命。垂在雙腿旁的手不自覺地微微顫抖，他下意識地搖搖頭，帶著懷疑的眼神看著宋玉華：

「現在隨時都有演習，難道妳要說每次演習都是假的嗎？還有，妳知道清鄉是什麼意思嗎？政府怎麼可能會危害人民——」

「那你就去找我留下的證據吧。」

宋玉華看到他的懷疑眼神，目光帶了一點沮喪，卻仍堅定不移。

「等你找到文件，看過以後，你就知道我說的到底是不是真的了。」

「……」

紀墨言不發一語地望著宋玉華，試圖從她的表情、眼神中找到破綻，卻找不到任何破口，她似乎沒說半點謊話。

可是，她說政府想屠殺人民？為什麼？這麼做的理由是什麼？人民又犯了什麼錯，政府才會做出這種決定？還有，她說院方的人瘋了，但這間醫院是公有的，也就是歸政府管的，她的意思是指政府瘋了嗎？

紀墨言困在腦內迴圈裡，無法逃脫，越想越混亂，皺著眉看著宋玉華。

——他到底該不該相信她？

但他還來不及反應時，宋玉華又打開馬桶水槽的蓋子，拆下黏在水槽蓋子底部的書，交給紀墨言，「沒時間了，總之，這本書待會兒派得上用場，你要偷偷轉交給何文豪。」之後再從口袋裡拿出一張紙條，塞進他手裡。「還有，這是院長室保險箱的密碼，我需要你依照我們提供的線索找出文件。」

紀墨言慢慢回過神，低頭看著被塞進自己手裡的紙條和書，頓時覺得有些燙手，甚至想馬上丟下不管。

他看著眼前的宋玉華，忽然有點火氣湧上心頭。

在談論政府是否真的想屠殺人民之前，站在他眼前的宋玉華正住在療養院裡，行為瘋癲，被當成精神病患，根本沒有半點值得相信的要素。仔細想想，這一切根本就像是在耍猴戲，從一開始進來到現在，這些人根本是在耍他吧？

「……宋玉華，我憑什麼相信妳？妳是不是也想讓我變得跟妳一樣，被當成精神病患？」

這些話似乎就像一把刀，一刀刀刺上宋玉華的心頭，讓她的表情頓時難看了起來，像無奈中帶著怒氣。

宋玉華一把抓住紀墨言的衣領，拉近自己，並在兩人之間不到五公分的距離下說：

「你覺得我在耍你？我他媽也知道這件事攸關性命，但我會把你的命當作垃圾，隨便把你扯進來，輕易地把你丟棄嗎？你給我聽好了，紀墨言，你現在的處境危險，我更危險——我就在政府的牢籠裡，幾乎已經是死路一條了！你說，我看起來真的精神不正常到要拿自己的命開玩笑嗎？就算是瘋子，有人會主動送上性命嗎？」

這番話又讓紀墨言一愣，半信半疑地對上宋玉華帶著怒氣的目光。

「……」

他到底，該不該相信她？

門外的敲門聲和吼叫聲還在持續，在沉默相望的兩人之間迴盪。一聲接著一聲，連帶著紀墨言的心跳也跟著沉悶的敲門聲加重。

時間一分一秒地過去，宋玉華估算時間不多了，又率先開口：

「我說過了，如果不相信，那就去找我說的證據。等你找到文件，看過以後，你就知道我說的到底是不是真的了。但是，現在時間不多了……」

宋玉華嘆了一口氣後鬆開抓著紀墨言衣領的手，低頭輕輕撫平上面的皺褶，語氣裡似乎帶著一點乞求。

「我需要你。拜託你了，紀墨言，再幫我最後一次。」

「……」

紀墨言的腦子清楚地知道宋玉華是政府的特務，他們會認識就是因為她槍殺了親日派的議員，至於用的是什麼方法，連想都不用想——八成是利用她的美貌、姿色，使出了美人計，或許就像現在這樣。

但是看著宋玉華稍微示弱、哀求的模樣，紀墨言眼裡的怒火還是被一點一點地澆熄，慢慢地平息下來，甚至有些心軟。

所以說女人啊，真是危險。

紀墨言滿是無奈地緊緊閉上眼，嘆了一口長長的氣，在睜開眼時沉默地將宋玉華交給他的書及紙條收進包包裡，並語帶無奈地說：

「……真是見鬼了。」

見到他的動作，宋玉華稍微放心地勾起了微笑，繼續叮嚀紀墨言：

「等一下開門出去後，如果他們問起發生什麼事，你就說我剛剛才想起來那本愛情小說其實是許昭榮給我的，可以嗎？」

紀墨言再度點點頭，認真地對上宋玉華的雙眼。

空氣似乎凝滯住，兩人望著彼此的這一秒感覺格外漫長。

宋玉華抿抿唇，堅定地看著他說：「謝謝你，我們一定要夠勇敢，才能面對接下來要發生的事。」

「……嗯。」

第二章

罪惡感

「那不是我的錯！
都要怪你們！
是你們自找的！」

趁著所有人的注意力都在廁所那邊，張錦祥偷偷躲進書櫃之間，將聽診器放在熊布偶的胸口。

滴滴滴……

耳邊的滴滴聲毫無規律及脈絡可言，使他不由得疑惑地皺起眉。這陣滴滴聲有什麼用意？還是裡頭有夾雜著什麼訊息嗎？張錦祥又聚精會神地聽了一陣子，實在沒聽出什麼所以然。

他有些暴躁又好笑地扔下布偶，開始覺得自己有點蠢。這裡是療養院，而宋馨和是這裡的病人，就算是布偶會發出滴滴聲，也不一定代表裡頭一定藏著什麼祕密或暗號，他那麼當真做什麼？

張錦祥扯下耳朵上的聽診器，起身想走出陰暗處時，腳步一頓。

……等等，暗號？

張錦祥的眼底閃過一抹光，食指動了動，抬手重新拿起熊布偶，將聽診器抵在熊布偶的胸口。

多年前，他與宋馨和是高中的同班同學。兩人的班級可以說是菁英班，班上的同學成績都十分優異，因此特別被學校集中在同一班，平常除了學習一般學生的課程，學校還替他們安排了其他不同的課程。例如解密、加密，而摩斯密碼正是主要項目。

手指隨著滴滴聲敲動，看似毫無規律的滴滴聲，正在張錦祥的腦海裡漸漸拼湊成字句。雖然已經過得有點久了，不過他還依稀記得一些，每個聲響慢慢形成一個字。

「吳……書桌？」

但也正因為記憶不太清晰，即使得到了答案，張錦祥也不敢太確定，畢竟也有可能是他解讀錯誤。而且，在場也沒有人姓吳，那這個「吳」指誰？

這時，外面的騷動聲靜了下來，張錦祥也暫時拋下困惑，不動聲色地回到廁所前。

宋玉華帶著紀墨言走出廁所，對李世傑說：「我剛才跟上帝確認過了，上帝說紀墨言不是我的命定之人。」

李世傑顯然不相信她的話，哼了一聲後說：

「妳說謊，妳知道在這裡對班長說謊的下場是什麼。」

宋玉華指向紀墨言。

「他可以作證。」

李世傑的苗頭也轉向紀墨言：「說！你們剛才在裡面做了什麼？給我從實招來！」

只見紀墨言鄭重其事地說：

「她說，她剛剛想起來那本書，是一個叫許昭榮的人給她的。」

「不可能，這一定是編造出來的。」李世傑憤恨地說完後，轉頭看向剛才拿鑰匙回來的護士，「護士，請妳先帶他們離開，為了療養院的安危，我要親自審問宋玉華這個恐怖分子。」

護士點點頭，看著五位訪客說：「各位，請跟我來。」

紀墨言看到李世傑一把抓住宋玉華的手臂，將她帶到其中一個房間，而宋馨和也緊張地跟了過去，似乎在害怕妹妹會發生什麼事。

這時，他突然發覺李世傑剛才是說「要親自審問宋玉華」。

——審問。

耳邊突然響起宋玉華在廁所裡說的話。

『你給我聽好了，紀墨言，你現在的處境危險，我更危險——我就在政府的牢籠裡，幾乎已經是死路一條了！』

看李世傑的模樣，紀墨言心裡一跳，隱約有種不好的預感，抬腳就要跟上去。

「紀先生，請往這邊走。」

護士卻擋在他面前，示意他走往另一個方向。

護士的神情像個毫無靈魂的木偶，態度有點強硬，紀墨言又望了一眼李世傑和宋氏姊妹走進去的那間房間，低聲開口：

「李世傑會怎麼審問她？」

「您放心，不會有生命危險的。」

有說跟沒說一樣。

紀墨言張開嘴還想說些什麼時，護士又冷漠地催促道：

「紀先生，我們必須前往下一個地點了，因為再過不久，就要開始演習了。」

說到演習，紀墨言下意識地抿緊了唇。他心想，也對，宋玉華剛才拜託他要在演習前揭發政府，要是耽誤到就白費了這次來訪。紀墨言點點頭，跟著護士踏上前往三樓的階梯。

每一層樓的構造幾乎一樣，一條長廊的兩邊有許多間房間。一走上三樓，護士就帶著五人右轉，停在最前面的房間門前。

她轉過頭來，不帶靈魂地開口：「待會你們會見到的是許昭榮，應該是白小姐登記要找他的，他的狀況沒有宋家姊妹那麼穩定，請小心。」

護士說完後先敲敲門，稍待了片刻才打開房門。

這裡似乎是六人房，裡頭擺著六張鐵製病床，以固定間隔將床頭靠牆擺放著。

門口是在整個房間的右側，一進門就會迎面看到三張病床，床尾隔著一條走道，另外三張病床相對而放。每張病床的左邊都有一套木製書桌椅，右邊則是三層矮櫃。不過，六個矮櫃上幾乎都沒有什麼個人物品，只有簡單的水杯、水壺和毛巾，沒什麼生活的氣息。

門口的對面牆上有三扇窗戶，窗外的陽光正透過玻璃，照入房內。

病房裡，有一名穿著病患服，剃著平頭的乾瘦男人坐在最裡面的桌子旁。他起初只呆愣地看著前方，聽到開門聲，緩緩地轉頭——一見到五人就突然衝過來，所有人都因為太過吃驚而無法做出反應，傻愣地看著他。

男人用包滿繃帶的雙手抓住了最前頭的作家胡如玉的雙肩，不斷搖晃的同時激動地說：

「百日青死了，你們知道嗎！她昨天托夢給我，說她想回家。他們一直在看我……」他的聲音突然變小，轉頭湊近何文豪低喃，「我跟你們說，百日青還在這裡。」

下一秒，男人又走到最接近門口的床鋪旁邊，睜著一雙大眼看著空床問：「他們來了，妳不是有話要對他們說嗎？」像是聽不清楚一樣，他將耳朵傾向床的方向，「……什麼？妳大聲一點……」

一伸手，男人拉過還愣著的白晴，湊近她耳邊問：「妳聽，百日青是不是這樣說的？」

「咿咿咿咿！放開我，許昭榮！你放開我！」

白晴立刻猛力地甩開許昭榮的手，面露驚恐，臉色瞬間慘白無比。一雙大眼睜得老大。

她還記得，自己認識的許昭榮當年長得俊俏，一頭俐落的短髮烏黑，身材高挑挺拔，身上穿著文雅的白襯衫及西裝褲，站在陽光下，襯得氣質溫文儒雅，渾身散發著書生氣息。

但如今，眼前的男人骨瘦如柴、皮膚黝黑，宛如受盡各種折磨的瘋癲模樣，表情滿是難以掩飾的慌恐。

白晴忍不住別開視線，看向那張空床，不斷細碎地搖著頭說：「我不知道……我不知道你在說什麼，不是我害的……這都要怪你……」

之後腿軟地跌坐在地，手腳並用地拚命往後爬，想要遠離那張病床和許昭榮。

其他四人皆皺起眉，似乎都聽出了這段話裡的異常，不過胡如玉率先回過神來，上前拉起白晴，摟著她的肩安撫她。

「沒事、沒事……妳別怕。」

但白晴嘴裡還是不斷反覆說著相同的話，使胡如玉原本就皺著的眉頭皺得更緊，緊抿起唇看著白晴。

與此同時，許昭榮也被護士拉著手臂，扯回原本的位置坐下。

護士將他壓在椅子上，冷聲說道：「坐在你的位置上別動，還是你想吃糖了？」

許昭榮立刻低下頭，不敢看向護士。

這時，不知道從哪裡傳來了沖水聲——

循聲轉頭看去，房間入口的對面有一扇門伴隨著沖水聲打開，一位短髮及耳，身段俐落的纖細女子從廁所裡頭走出來，一邊優雅地戴上白色棉製手套。

「各位好，我是三樓的班長吳鍾靈，歡迎各位參訪我們長安療養院。」

吳鍾靈緩步走近，伸手與五人一一握手。

她的五官線條精緻，皮膚帶著病態的白皙，巴掌大的臉上有一雙細長的雙眼，眼尾微微上揚，帶著古典美及銳利感。直挺的鼻梁、單薄的雙唇及細如柳絲的眉毛更使她增添幾分冷酷的氣息。

「對了，吳鍾靈，那位胡如玉小姐是妳的訪客。」

在護士的介紹下，胡如玉放開還處於崩潰狀態的白晴，走上前想擁抱吳鍾靈。畢竟兩人過去曾有過革命情感，感情很深厚，卻在一夜之間完全失去聯繫了。

當年，胡如玉去外地出差兩星期，沒想到回來後就再也找不到包含吳鍾靈在內的一眾朋友。

胡如玉當時十分著急，但也不知道從何找起，只能默默等著消息……也因此，當她收到吳鍾靈從療養院寄來的信時，立刻就決定要過來看看了。

她還記得當時剛從外地出差回來，聽到別人說有個以地下室為據點的違法組織差點遭到查緝，所有成員都被抓時，自己有多心慌。而且在她到外地的期間，組織換了躲藏的地點，她就算想去現場看看情況也不曉得該去哪裡，但是在那之後，的確再也沒有收到那群朋友的消息了。

然而，此時的吳鍾靈像是完全不認識她，看到胡如玉走近，立刻往後退了一大步，並皺起眉說：

「請不要隨便做出如此越矩的動作，要潔身自愛。」

「什麼？」

胡如玉伸出去的雙手僵在空中，困惑地看著吳鍾靈轉身，走到許昭榮身旁沉聲問道：

「我剛才聽到病房裡有一些動靜……發生了什麼——」

「院長萬歲！」

吳鍾靈的話還沒說完，許昭榮就激動地站起身立正，大聲高喊，彷彿想掩蓋掉什麼。

吳鍾靈皺了一下眉，不過沒有多說，只點點頭回應，「好，院長萬歲。」下一秒，她轉向一旁的護士，「護士，請問妳有帶薄荷糖嗎？」

「當然。」

護士從口袋裡拿出一個玻璃糖罐，倒出一顆藍色的顆粒放到吳鍾靈手裡，並湊上前在她耳邊悄聲說著什麼。

由於門口這邊的白晴依舊碎念著什麼，所以紀墨言等人只聽得到白晴的聲音。

只見吳鍾靈聽完後點了點頭，再度看著五人說：

「抱歉，我們的病患嘴有點不乾淨，需要清潔一下。」她將手心裡的藍色顆粒遞給許昭榮，續道：「我要監督他做好口腔衛生，麻煩各位到隔壁，先在我的房間稍等一下。」

但許昭榮不想接下那顆糖，拚命搖著頭低喃：「百日青就在這裡啊，壹晴她就在這裡！什麼？妳說……無法原諒？那妳覺得是誰的錯呢？」

他似乎正在和名為「百日青」的人交談。

所有人都認為他是精神錯亂了才在胡言亂語，不打算多加理會，轉身要離開病房時——

「不是我害的！誰叫你不喜歡我！」白晴的嘴裡吼出了這麼一句。

到目前為止都恬靜乖巧的女孩徹底變成了另一個人，宛如撕下了美好的面具。她面目猙獰，拚命扯開嗓子大吼：

「為什麼偏偏是她！為什麼就不能是我！」

所有人都看傻了眼，但各自都猜想到了許昭榮、白晴與那位名叫「百日青」的人之間曾經發生了什麼事。

兩個女人、一個男人，能發生的情節不外乎那幾種，再結合白晴說的話，並不難猜想到。只不過，一想到女人的妒意驅使白晴做出來的事情——而她所做的事，極有可能害死了許昭榮口中唸著的「百日青」——所有人的臉色各異。

紀墨言等三名男人悄聲無息地退開了一步，與白晴拉開距離，至於胡如玉的臉色則沉了下來，眼底帶著一抹怒意及不知名的情緒，漆黑至極。

但白晴沒有心思留意到身旁的狀況，她的一雙眼死死盯著許昭榮。

「那不是我的錯！都要怪你們！是你們自找的！」

此刻，許昭榮瘋癲的模樣及話語猶如養分，灌溉在白晴的愧疚之上，使其瞬間衝破了內心的堤防，徹底崩潰。她顫抖著手，指著許昭榮，眼底染上血色，完全失去了理智。

因為她心裡的愧疚正指責著她——

是妳害死了百日青。

是妳逼瘋了許昭榮。

這一切都是妳一手造成的。

——是妳！

「不、不是我！是你們自找的！這都是你們自找的！」

「壹晴她說是啊……我們是對的……」許昭榮仍不停地說。

眼見場面越發混亂，吳鍾靈轉頭對身旁的護士使了個眼色，由吳鍾靈抓住許昭榮的雙手，護士則接過吳鍾靈手裡的糖，塞進許昭榮的嘴裡，並死命地摀著，迫使他吞下。

另一邊，在一群人傻愣住時，胡如玉異常冷靜地緊緊摟住白晴的肩，在她耳邊輕聲安撫。

「白晴，妳冷靜點！沒事！」

「不是我，真的不是我！不是我害的！」

「好，我們知道！我們先離開這裡吧！」

「我不、我不是……」

然而不管怎麼安撫，白晴的一雙眼睛仍死命地瞪著許昭榮看，怎麼樣也不願意放過他。何文豪乾脆脫下自己的外套，罩到白晴的頭上。

「啊──！放開我、不是我！」

或許是因為驚訝，白晴一開始更加激動了，但是過了一會兒就漸漸安靜下來。

胡如玉驚訝地看著何文豪，他則聳聳肩：

「我在抓捕犯人時也常遇到犯人崩潰的狀況，通常會用這個方法。」

也因此，他看到白晴崩潰也沒有驚訝太久，立刻做出了反應。

幾人佩服地點了點頭，以示理解。

情況好不容易穩定了下來，吳鍾靈讓安靜下來的許昭榮坐在床上，轉頭看著記墨言等人說：

「麻煩各位到隔壁稍等一下。」

語氣很是冰冷。

護士也走到五人面前，伸手示意他們往門口走。

「請跟我來。」

一行人快步走到外頭，由胡如玉扶著白晴跟在後頭，來到隔壁的房間。

這間房間是單人房，配套齊全，一樣擺著病床、床邊矮櫃及書桌，四周打掃得十分乾淨，東西也擺放得很整齊，井然有序，地面更乾淨到會發光，幾乎可以說是一塵不染。

「吳班長是本院唯一的女性班長，因為她本身十分潔身自愛，對環境清潔的要求高於常人，對本院的衛生控管有巨大的貢獻。相信各位從她日常生活用品上，就能發現她很有品味。」

紀墨言等人環顧四周，能看到門口的牆邊還整齊地擺放著幾雙同款式的白鞋，又聯想到剛才吳鍾靈戴上了白手套。看來她有重度潔癖。

走在最後的胡如玉帶著白晴走進房間，看到病床就先讓白晴坐下來休息，面色有些凝重。

「好了，現在沒事了，妳還好嗎？」

被罩在外套裡的白晴冷靜了許多，幾乎恢復到原本的模樣了，只是眼神還有些慌亂，但這可能無法一時之間恢復。

或許是出自關心，護士也走過來，蹲在她身前，把外套拉下來一點，看著白晴問：「我能理解您的心情，但是您做得很好。」

護士又從口袋裡拿出剛才那個玻璃糖罐，倒出一顆來，遞給白晴。

「這種糖能放鬆身心，您需要嗎？」

在一旁看著的胡如玉與紀墨言都皺起眉，看著那顆躺在護士手心的藍色糖果。

——剛才，護士不是才和吳鍾靈逼許昭榮吃下這種糖嗎？這種給病患吃的糖，能夠這樣隨隨便便給訪客？

但兩人都沒有說出口，只是緊張地看著白晴，期望她不伸出手接下這顆糖。白晴似乎也恢復了一大半，一如兩人的期望，對護士搖搖頭，拒絕了。

她緩慢且斷斷續續地說：

「謝、謝謝……但我好多了，應該不需要……」

「好。」

護士將那顆糖倒回罐子裡，緊抿著唇，眼底的情緒晦澀難辨。

與此同時，張錦祥趁眾人圍在白晴身旁時，走向另外一邊的書桌，輕聲拉開各個抽屜查看。

他剛才聽到的摩斯密碼解答為「吳書桌」，張錦祥一開始還摸不著頭緒，不懂前面的吳是指誰，但當他聽到吳鍾靈這個名字時，瞬間抓住了線索。

吳鍾靈的書桌裡，應該藏著什麼才對。

他拉開抽屜，屈起食指用指間輕敲，但是找了兩個抽屜，都聽到厚實的低沉聲音，沒有找到什麼東西。他最後拉開最大的抽屜，又敲了敲——

聲音高了不少，格外清脆。張錦祥一愣，立刻拉開來看，發現木板底層有細微的縫隙。他將木板拿起來，發現這個抽屜是個夾層，木板下還放著一本書！

張錦祥把書拿起來看，封面上寫著「雌雄之變」這幾個字。

——等等，這本不是禁書嗎？

張錦祥瞬間覺得這本書十分燙手，彷彿下一秒就會為自己惹來麻煩，但是，他應該舉發這件事嗎？還是將這本書留著呢？

宋馨和沒有說該怎麼做，熊布偶的摩斯密碼也只有提示書桌裡有東西，那他應該裝作視而不見，將這本書藏起來嗎？

當張錦祥還在掙扎時，旁邊傳來一個女聲：

「你在做什麼！」

護士低喊了一聲，使張錦祥顫了一下，毫無意識地轉過身，手上的那本書也還拿在身前。

這時，護士怒氣沖沖地走來，剛開口說了句「你怎麼能亂翻病人的房間……」，但是在看到張錦祥手上的書後，立刻止住了聲，改道：「這……這不是上週因為危害風俗而下令查禁的書嗎？」

張錦祥下意識地想把這本書藏到背後，但還來不及反應，書就被護士伸手接過，翻看了幾頁，臉色暗了下來。

「吳鍾靈身為班長，竟然私藏禁書。」

聲調十分冰冷，無情至極。

護士看向張錦祥，又看向所有人：

「謝謝張先生的舉發。我需要重新教育這位病患，為了不讓她有逃跑的機會，希望大家能協助我，一起堵在房門口，不動聲色地幫我看好她。」

與護士關懷病患的溫和截然不同，這位護士看起來雖溫柔心善，但此刻散發出來的氣息卻令人不寒而慄，且極具重量。

她不等五人回應，帶著他們回到剛才那間房間。

第三章

隱情

在這裡，

院長說的話似乎就是一切，即是所有準則。

只要依照院長說的去做，

記得院長的規矩，都能受到寬恕。

一行人戰戰兢兢地走進六人房，站在最角落位置的許昭榮立刻像看到鬼似地害怕起來，不斷掙扎往後躲。

他指著一行人大喊：

「他們回來了！妳看到沒有？他們回來了，都是我們害的！」

吳鍾靈依舊冷漠地看著他，並用一手緊緊抓住許昭榮的手臂，讓他無法逃脫。

「你說的人已經不存在了，現在在你眼前的都是活生生的人。」

「妳不記得中山北路地下室的那個小團體嗎？就是他們，就是他們！那時候沒有處理乾淨，所以現在他們又回來了！」

許昭榮的胡言亂語似乎沒有減輕的跡象，吳鍾靈無奈地搖搖頭，轉向護士：「護士，我還需要更多的糖。」

這次護士卻不配合。

「妳應該自己處理。」

聞言，吳鍾靈歪著頭看了護士一眼，之後低頭抓起許昭榮緊緊包著紗布的手指。

「看來你的手，還要再治療一次。」

話音剛落，許昭榮就噤住了聲，猛烈地搖搖頭。他盯著地上，小聲地道：「……我不怕鬼了，沒事了。」

吳鍾靈輕輕點頭，低喃道：

「提昇素質，澄清心靈。你做得很棒。只要對自己有信心，沒有什麼是做不到的。但還有一個地方，我必須釐清……」吳鍾靈將手揹在身後，緩慢地踏步，「有人指出，你曾經拿愛情小說給宋玉華，這件事是有，還是沒有？」

許昭榮靜了下來，室內隨之變得寂靜。

紀墨言低頭瞥了幾眼周遭的人，莫名有點心虛。

他知道這裡的人都不太正常，而且剛才宋玉華被李世傑帶到了某間房間，走在療養院裡時，偶爾還會聽到不知道是從哪裡傳來的尖叫聲，他不太敢想像接下來許昭榮會因此受到什麼樣的對待，他垂在大腿側的手緊緊捏著褲子。

與此同時，許昭榮顫抖著手，抬手不斷搔抓著頭髮，嘴裡喃念道：

「院長常說，一切的德性，皆是發之以至誠。每個病患都要摒棄自己過去的惡習……」他頓了一下，視線斜瞥向無人的床底下，之後又說：「才能蛻變新生成品德良善的人。在還沒有接受院長的洗禮以前，我也曾迷惘於糜爛人心的文字，發表毀謗院長的言論……如今，我要深刻地為自己的過錯道歉。」

吳鍾靈有些不滿意地皺起眉道：

「除去內心的汙垢是好的，那該怎麼將思想實踐？」

許昭榮老實回答：「我要付出更多心力，接近院長的思想，去奉行他，藉此修正過去思維上的錯誤。」

這才讓吳鍾靈滿意地點點頭。

「很好，在這裡，只要奉行院長的教誨，什麼都不要去思考，切記，如果你一定要思考，就不要說出來。如果你又要思考又要說，那就千萬別寫出來。以免干擾了其他病患的治療作業，知道了嗎？」

許昭榮一下子站起身，立正大喊：「院長萬歲！」

還以為質問會就此結束，紀墨言鬆了一口氣，捏著褲子的手放開來。

不過，就目前為止所有病患的言論來看，在這裡，院長說的話似乎就是一切，即是所有準則。只要依照院長說的去做，記得院長的規矩，都能受到寬恕。

人們沒有思考其他思想的權力，也沒有自由。

儘管有等級之分，但無論是誰都是真正地被困在這棟建築裡，無論是人身還是內心，都無法逃脫。

這時，吳鍾靈又開口說出一句話，使紀墨言再度捏緊手。

「那麼，那本戀愛小說，是你拿給宋玉華的嗎？」

許昭榮這次搖搖頭否認。

「我沒有碰過那本書，也從來沒有與宋玉華交談。那本書裡面有什麼祕密，我也不知道。」

「很好，他們是下等的病患，你不需要跟他們混在一起。」吳鍾靈以一雙細長的雙眼看向五人，面無表情地說，「我想，他應該交代得很清楚了。」

聞言，除了低頭沉默的紀墨言，其他四人莫名地面面相覷，因為他們其實都無暇在意這件事，更不在乎許昭榮的回答。

然而，沉默的病房裡又傳來低微的一句話。

「妳才是下等的病患。」

吳鍾靈滿臉不悅地看著他，回問：「你說什麼？」

只見許昭榮像是變了一個人，眼神凶狠並咬著牙，語帶威脅地說：

「妳以前是什麼身分？現在靠這些下三濫的手段爬到我頭上，妳覺得有用嗎？」

彷彿剛才畏畏縮縮的模樣是個假象，紀墨言等人都不敢置信地看著他。

不過，吳鍾靈卻不以為意地輕笑了一聲，帶著一點司空見慣的意味說：「你看看你，老毛病又發作了。這都是『提昇素質、澄清心靈』做得不夠徹底的結果，就像只掃去了表面的灰塵，沒有真正根除內心的汙漬。我認為應該要增加治療的次數，護士，妳認為呢？」

她看向護士，尋求意見，但護士不再配合她，反過來冷漠地看著她：「在那之前，我有個問題要先問妳。」

吳鍾靈點點頭，「請說。」

她的神色一直都淡漠如清水，直到她看到護士從背後拿出了那本《雌雄之變》。

「這本書的內容有擾亂思維的疑慮，上週被列為禁書，這些來賓剛才卻發現它出現在妳房間裡。妳要不要解釋一下為什麼？」護士的語調中帶著幾分威嚴，看似在詢問，卻像在拷問。

吳鍾靈的冰冷表情上竄出了多條裂縫，露出驚慌的神色，用力地搖著頭說：「這是有人刻意栽贓給我的！」

她轉頭，立刻指著許昭榮的鼻子辯解：「是他，一定是他陷害我的！」

面對她的指控，許昭榮沒有什麼反應，又變回畏縮的模樣，低下頭說：

「那本小說，不是百日青送妳的嗎？」接著看向旁邊空無一人的空床，「壹晴點頭了，她說是！」

知道指控許昭榮沒用，吳鍾靈只能咬著牙，不斷搖頭。

「不是的！你們剛才都有聽到吧？他就是因為不服我的管教，才會故意設下陷阱！」

但護士完全不相信她的解釋。只見護士放下那本書，抿直了唇線，神色嚴肅地走到吳鍾靈身旁，一把扯下她的臂章。

「這件事，我會交由高層徹底調查，私藏禁書是不可饒恕的重罪。」

這句話宛如嚴厲的審判，使吳鍾靈嚇得臉色蒼白，雙手拉住護士的手，嘴裡不停斷斷續續地辯解：

「不是，不是那樣的，請相信我……真的不是我……」

護士沒有理會她，反過來緊抓住吳鍾靈的手臂，拉著她走向門外。

「請各位稍候，我很快就回來。」

「不，不要，請饒了我！不要啊！」

吳鍾靈抵死不從，伸長了手想抓住任何東西。

或許不捨看到過往的同伴遭遇可怕的對待，這時，胡如玉一把回握住了吳鍾靈的手，想將她往回拉，並試圖幫她開脫。

「等等！妳要帶她去哪裡？」

護士回頭看了看胡如玉拉著吳鍾靈的手，又看向胡如玉，毫無情緒起伏地回道：

「請放手。」

「能不能先告訴我妳要帶她去哪裡？既然她說那本書不是她的，也許真的是有人想陷害她。」胡如玉毫不退縮。

「所以，現在才要調查那本書到底是誰的。」護士再度看向胡如玉拉著吳鍾靈的手，「請妳放手，讓我們進行調查。」

「……」

胡如玉張著嘴還想說些什麼，卻想不到任何說詞。她看向吳鍾靈帶有求救意味的雙眼，不甘地咬了咬牙，因為護士的話正當有理，讓她無法反駁。

護士趁這時用力將吳鍾靈往外扯，胡如玉與吳鍾靈握著的手因為一時鬆懈，一扯就放開了。

「請五位在這裡稍等一下，我馬上回來。」

不再給胡如玉及吳鍾靈兩人說話的機會，護士將吳鍾靈拉到門外，快步離開，只剩下胡如玉呆愣地望著門口。

這時，許昭榮再度出聲，吸引所有人的目光。

「時間不多，大家冷靜聽我說。」

這次他說話的語調卻不再瘋癲，眼神十分堅定，模樣看起來十分正常，五人或驚訝或不解地看著他，但許昭榮自顧自地說下去：

「宋玉華跟我說過，會有人來救我們出去，我本來不相信的……總之，這裡的人都瘋了，這些人無所不用其極地當他們的走狗，只是為了能夠短暫地逃離痛苦。」

他快步走向五人，從口袋裡拿出胡亂揉成一團的紙條，遞給站在最前頭的紀墨言：

「答案都在玉華給你們的那本書裡，那是當時組織高層私下辨認彼此的暗號，只要說出這句話就會知道是同伴。」話鋒一轉，他又低下頭，「抱歉，這裡到處都是竊聽器，儘管我已經事先動過手腳了，我還是沒辦法直接告訴各位暗號，畢竟政府也想得到這個暗號……

你們應該有從玉華手上拿到書跟密碼吧？一切的答案都在書裡，而你們待會兒去院長室的時候，一定要找機會解開那裡頭的保險箱，記得拿走黃色信封裡的文件和那塊刻有梅花的令牌，那也是相認的信物……」

「啊————！」

一道尖銳的尖叫聲傳來，胡如玉立刻轉頭看向門口驚呼：「鍾靈！」

她剛想跑出房間，護士的身影就出現在門口，面無表情地看著她，像個毫無靈魂的娃娃。

「胡小姐，您想去哪裡？」

「剛剛那是鍾靈對吧？她在哪裡？她——」

「吳鍾靈已經不是三樓的班長了，之後會有新的人取代她的位置。」護士說完便轉頭，示意所有人往外走，「各位，我們走吧。」

「等等，妳還沒有回答我的問題，鍾靈——」

這時，有人拉住了胡如玉的手，她轉頭看去——是何文豪，她不解地望著他。

只見何文豪對她搖了搖頭，並將她拉到自己身後。

「抱歉，我們走吧。」

胡如玉帶著一點怒氣瞪著擋在自己眼前的背影，還想開口說點什麼，站在門口的護士已經轉身走出了病房，「請跟我來。」

何文豪率先邁步跟上，但是手仍拉著胡如玉不放，拉著她走，其他三人也跟在後頭。

離開病房後走了幾步，紀墨言隨眼一瞥，望到掛在前方牆上的廁所牌子，靈機一動便趕緊開口：

「不好意思，我想去上個廁所，可以嗎？」

紀墨言的目的沒有其他，正是想問問其他人是否知道什麼。畢竟許昭榮剛才這麼直白地當著所有人的面說出那些話，那這些人肯定都知道一些事情，既然如此，那他們肯定需要共享一些情報，總比單打獨鬥來得好。

護士轉過頭來看著他，目光上下打量了一下才點點頭。

「好，不過因為怕各位走散，要麻煩所有人都統一時間去上廁所。其他來賓都沒問題吧？」

其餘四人互看了幾眼，都搖搖頭，示意沒有問題。

「那麼，男廁在這邊，女廁在這裡。請各位盡快，時間快到了。」

紀墨言看了一眼手錶，點了點頭。

——沒錯，演習快開始了，時間只剩下不到兩小時。

三位男性和兩位女性各自分開，分別走進了男女廁。

紀墨言帶頭走進廁所，二話不說就學起宋玉華找到廁所的變電箱，打開後果然找到了閃著紅光的黑色四方形小盒子，他拿出手帕，蓋住小盒子。

其他兩人看到他的動作也不驚訝，因為他們心裡都領會到了自己為何會被找來。

紀墨言轉身就壓低聲音說：

「兩位，接下來我要跟你們說一件事——」

但何文豪打斷了他。

「你不必多說，我們明白。」

三人互看了幾眼，紀墨言理解似地點點頭，也不再多說什麼，看向張錦祥就問：「那本禁書……你是怎麼找到的？」

張錦祥拿出放在公事包裡的熊布偶，「它告訴我的。」

何文豪看著熊布偶，又想到剛才宋馨和一併遞給他的聽診器，瞬間懂了，也輕聲說：「是摩斯密碼吧。」

何文豪是刑警，當然也學過解密的方法。

張錦祥點點頭，紀墨言則思索了一下又道：

「那麼，這都是安排好的吧……」

說完，他從包包裡拿出宋玉華給的那本《民主淺說》給何文豪。

「剛才她說要把這本書給你。」

「給我？」

何文豪不解地皺起眉，遲疑地接下《民主淺說》，上下打量著這本書。

「這……不也是禁書嗎？」

「等等！這是宋玉華給你的書嗎？」

聽到張錦祥這樣問，紀墨言的腦海裡突然閃過許昭榮說的那句話——

『一切的答案都在書裡。』

既然如此……

紀墨言拿出許昭榮趁機塞到他手裡的紙條，將它攤開來一看，上頭寫著幾列數字。

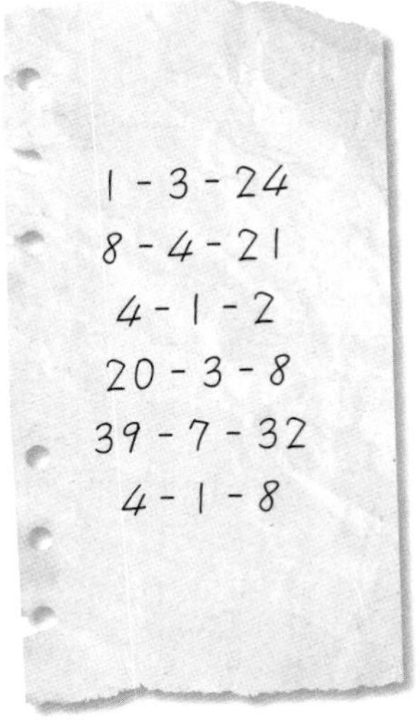

每一列都有三個數字，這些數字又跟這本書有什麼關係？是從書裡找出這些數字？還是有其他意思？

書的話，那就是章節、頁碼、行數、字數……

總之，試試看就知道了！

「翻書。」

紀墨言抬了抬下巴，示意何文豪翻開手上的《民主淺說》，其他兩人也立刻懂了紀墨言的想法，低頭看著書。

第一個數字最大的是39，但這本書只有九個章節，那麼第一個數字應該是指頁數；第二個數字都不超過二位數……看來是行數，畢竟一頁也沒有幾行；第三個數字最大又跑到32了，就是字數了吧？如此一來1-3-24就是第一頁第三行，第二十四個字……

何文豪的手在書上滑動，定在「不」字上。

三人繼續依照相同的方法翻著書。

第八頁，第四行，第二十一個字……是「如」。

第四頁，第一行，第二個字是「百」。

第二十頁，第三行，第八個字是「合」。

第三十九頁，第七行，第三十二個字是「針」。

第四頁，第一行，第八個字是「貴」。

——不、如、百、合、針、貴。

所有人在心裡默念了一遍。

張錦祥的眉尾跳了一下，瞬間明白了什麼……因為他想起了以前，宋馨和也曾說過這句話。他低聲說：

「我知道了！但出去再說，許昭榮說政府也在找這句暗號……把紙條給我吧。」

雖然還有點不明白，不過在張錦祥說完後，紀墨言仍點點頭，把紙條交給他。

只見張錦祥將紙條撕成碎片，扔進馬桶裡並沖水，這樣就找不到了。

當紀墨言正感到欽佩時，張錦祥趁著水流聲，低頭湊到兩人耳邊說：

「這裡應該不是普通的療養院，可能是關著政治犯的監獄。我和馨和在學校時曾接受過政府的祕密訓練，所以才知道摩斯密碼。但她既然知道這句暗號，可能是隸屬於某個組織。」

突如其來的告白讓其他兩人都不可置信地看著他。

流水聲停止，廁所內回歸一片寧靜。

靜了幾秒，這次換何文豪去沖下馬桶，也像張錦祥一樣湊到兩人耳邊悄聲說：

「等等我們應該會見到我同學，張世明，他也曾經待過政府的祕密組織，但是也跟一個地下協會有關聯。」

尾音落下，沖水聲也停了。

此時，紀墨言也確定了這裡的確就如張錦祥所說，是個監獄。

他也像兩人一樣，走到隔間裡，沖下馬桶水之後湊過頭來說：

「宋玉華剛剛跟我說了，今天的演習是假的……真正的目的是清鄉。這些都是他們留下的線索，會帶領我們找到作為證據的文件。」

張錦祥和何文豪都驚訝地瞪大了眼，因為他們都各自猜想過自己被叫來這裡的原因，可能是要幫忙傳遞訊息到外面，也可能是要幫助朋友逃出去，但都沒有人想到事態會這麼嚴重。

這要是被抓到，肯定會被處死。可是，現在好像也完全無法脫身了。

張錦祥和何文豪互看了一眼，不約而同地咬了咬牙，之後對紀墨言點點頭，示意理解。

●

由於白晴的腳步還有點不穩，胡如玉攙扶著她走進女廁。不過兩人都沒有想上廁所的心情，只在洗手台洗了一下手，白晴則用水洗了把臉。

白晴的臉色依舊十分蒼白，眼鏡底下的雙眼也空洞無神，看起來很糟糕。雖然胡如玉也不想逼迫她，但是她回想起白晴剛才不斷低喃的話，依舊按捺不住自己，抿了抿唇開口問：

「妳還好嗎？」

白晴輕點點頭，「嗯……還好。」

「妳和許昭榮，都認識壹晴？」

聽到壹晴兩個字，白晴又縮起肩膀，有些神經質地透過前面的鏡子看向身旁的胡如玉，同時細碎地搖著頭。

「我……我什麼都不知道……」

她顯然在說謊。

胡如玉又想起自己剛才的猜測，一股怒氣不由自主地湧上來。

她打開水龍頭，任由水不斷流下，同時緊握著拳頭，逼迫自己忍下怒氣，低頭湊到白晴面前，在她的耳邊低緩地說：

「妳知道……之前的基地吧？」

白晴猛然抬起頭——一眼望進了胡如玉帶著怒意的雙眼，頓時驚恐地退後幾步，用顫抖的食指指著她。

「妳、妳……妳怎麼……」

胡如玉沒了剛才的溫雅，再也忍不住怒意，一伸手就狠狠掐住了白晴纖細的脖子，使白晴害怕地拚命掙扎，又喊不出聲音。

接著，幾個字從胡如玉的牙間洩漏出來：

「因為，我就是在那裡認識壹晴的。」

白晴瞪大了眼，面露驚恐。

「妳……唔！不……」

「就是妳吧？是妳通風報信的，只是因為……讓我猜猜……因為嫉妒壹晴他們吧？」

胡如玉的雙眼也睜得老大，眼底因為恨意而布滿血絲，直對上白晴的驚恐目光。手上的力量逐漸加重，白晴也漸漸無法呼吸，臉色漲紅，連細微的嗚咽聲也發不出來。

「妳知道，因為妳，害死了多少人嗎？妳還想欺騙誰？妳不敢面對嗎？嗯？別再騙自己了，妳的手早就沾滿了鮮血，就因為妳那無趣醜陋的嫉妒！」

漸漸地，白晴掙扎的力道變小，眼鏡下的雙眼也往上翻起。胡如玉咬了咬牙，眼神稍微清明了一些，像是恢復了理智。她狠狠甩開手，白晴也像無力的布偶往後跌，背部撞上不遠處的牆並癱坐在地。

「咳！咳咳……咳……」

總算吸到幾口氣後，白晴的意識逐漸恢復，纖細的雙手摀著脖子，猛力咳了幾聲，一雙眼仍滿是驚恐地望著站在眼前的胡如玉。

立在她面前的胡如玉則是雙手緊緊握成拳，甚至用力到指節都泛著白色，不斷發抖。

她一想到自己那一眾為了共同的理想付出一切，卻被白晴害到犧牲生命的朋友，胡如玉就抑制不住怒氣，眼裡都冒著火光。她甚至想讓白晴以死賠罪，用生命向壹晴等人謝罪！

可是，療養院內的狀況顯然不對，不僅是一開始遇到的宋玉華他們，許昭榮剛才說的話也證實了這次寫信邀請他們來的目的……

若許昭榮說的話是真的，那就不能讓這個女人在這裡死去或離開，必須讓她活到最後才行。

她要活到最後，為自己的朋友們贖罪才行。

胡如玉閉上眼後再度睜開眼睛，立刻鎖定著還癱坐在地的白晴。

「……唔！」

不管白晴害怕的嗚咽聲，胡如玉做了幾次深呼吸，稍微平復好心情。

冷靜下來的她神色變得溫和，她蹲下身子，伸手幫白晴梳整在這期間變凌亂的長髮。

儘管眼底仍帶著憤怒，但語氣已經恢復平穩了。

「聽好了，這一次，如果妳再通風報信耍什麼小動作，妳肯定也脫不了關係……因為當妳來到這裡時，就已經無法脫身了。也就是說，我們已經在同一條船上了。」

胡如玉將白晴拉起來，讓她站穩。

「所以，接下來妳別輕舉妄動，懂嗎？」

「……」

白晴全身不斷發抖，頓了一會兒後，臉色蒼白地輕點點頭。

胡如玉幫她整理了一下服裝，拍了拍衣服上的髒汙，再抬頭時，臉上又帶著微笑，恢復成進入療養院前，熱情親切的胡如玉。

「那麼，我們出去吧。」

「……」

白晴想拒絕，但是又無法伸手推開她。

因為就如胡如玉所說，他們五個人已經是站在同一條船上的人了——儘管她不是自願的——如果被政府揭穿、抓到了今天的事情，之後被問罪時，就算她堅決否認，政府也不一定會相信，而其他四個人也不曉得會不會栽贓、陷害她。

她想，許昭榮會寫信請她過來這裡，並將她牽扯進這場動盪中的目的，或許是為了報復她，又或者是要她贖罪。

白晴緊抿著雙唇，低頭跟著胡如玉走出女廁。

兩人走出廁所時，三名男性已經在走廊上等了。胡如玉一一對上三人的目光，從他們的眼裡看到了堅定的光芒，頓時放下心來，因為她覺得自己有了同伴，因為他們的眼神很熟悉。

從前在祕密組織——青年前鋒協會時，所有人都像他們現在一樣，眼底帶著光，因為有了自主意識、目標……

以及思想。

第四章

保險箱

如果不是院長特別謹慎，離開前會把所有物品都帶走，

那就只有一個可能——這裡沒有院長。

但是，有可能嗎？

從廁所再往前走一點就是院長室。

紀墨言緊張地看了一眼上頭寫著「院長辦公室」的木牌，原本還以為護士不會帶他們走進去，他還需要另外想個藉口，偷偷溜進去時，護士轉頭從院長室門板上的玻璃窗往內看了一眼，便打開院長室的木板門，示意一行人往內走。

五人前後走進院長室，左手邊有好幾座書架並列排著，上頭除了密密麻麻的書以外，最上方的空格擺放著裱框起來的手稿。

房間正中間有張氣派的辦公桌，配上皮製的辦公座椅。桌上除了一疊疊文件，還有杯子、散亂的原子筆等等，增添了一些生活感。再看向右邊牆上，上頭掛著總統的肖像及許多人的合照。

「這是院長平時辦公、休息的地方，但院長這陣子公務繁忙，今天剛好不在。」

辦公桌旁，從後面窗戶照射進來的陽光打在某個人身上，映照出一個人型輪廓。紀墨言瞇起眼努力適應著逆光的亮度，這才看清楚那個人的容貌。

護士這時也走到那個人的身旁說：「這位是負責清掃的范子文。根據登記的資料，范子文和吳鍾靈有共同的訪客。」護士看向胡如玉，面露意外地挑了挑眉，「真是稀奇，我從來沒見過有人來看她。」

胡如玉抿了抿唇，望向名叫范子文的女子。

她留著一頭及肩的中長髮，瀏海齊眉，皮膚雖然也十分白皙，但與吳鍾靈又是另一種不同的白。眼睛是一雙水汪汪的清澈大眼，小巧的鼻子配上粉嫩的雙唇，整個人散發出純潔清新的氣質。

不過，現在她微微垂下眉尾，有些沒精神，就宛如即將枯萎的花朵，稍微低下頭。

范子文縮起肩膀，呢喃似地道：「是……參訪團嗎？院長外出，不在這裡，大……家請回吧。」

護士剛剛才說過她有訪客，但她像是沒聽到一樣，害怕地縮起脖子。

「范子文今天的精神狀態似乎很不好……范子文，妳還記得妳今天約了胡小姐來探訪嗎？」

護士剛解釋了一句，走近范子文，伸手要摟上她的肩時，范子文立刻厲聲大喊：「不、不要過來！」

她馬上躲開護士的手，拉開兩人之間的距離。

「子文……」

「都、都不要過來，別、不要碰我！」

范子文手裡拿著抹布，害怕地不斷往後退，並縮起肩膀，睜著一雙大眼，警戒性地瞪著所有人。

室內沉默了幾秒，沒有人做出任何動作，范子文疑惑地歪著頭，低喃自語：「好、好奇怪，你們怎麼、一直在這裡？還是你們認識、院長？」

最接近她的護士立刻點點頭，「當然了，我是這裡的護士啊。」

范子文的一雙大眼轉到護士身上，上下打量起她。像是思索了一陣子，她過了幾秒才又點點頭，慢慢放鬆身體及戒備。

「那、那麼，大家請坐……」

范子文輕聲說道。

不過，所有人的目光都下意識地看向一旁的護士——在這裡的一切，都必須遵循院方的指示，這種意識似乎在短短的時間內，就潛入了紀墨言等人腦海裡。

只見護士也看向五人，語氣平淡地說：

「大家先坐吧，她常這樣語無倫次，冷靜一下就好了……」

紀墨言等人這才紛紛找位置坐下。

范子文低著頭，轉身走向放在辦公室上的收音機，伸出白皙纖長的手，轉開開關。

「我們聽、聽點音樂好了，一邊等、院長回來。」

收音機隨著范子文的手指轉動，先是發出「滋滋滋」的雜音，之後漸漸轉為清晰的人聲。雄厚低沉的男性聲音帶著電流傳遍室內：

『全國軍民同胞大家好，依據我國全民防衛動員準備法，為提高全民憂患意識，提升緊急應變能力，平日應做好戰訓準備。總統在今天上午發布了「靖安四號」演習的指令，宣布將於二十四小時內進行演習活動。屆時實施人、車疏散和交通管制，請各位民眾遵守命令，勿擅自外出……』

是政府的演習宣導廣播。

紀墨言與其他四人面面相覷，大家都緊抿著唇。

這時，或許是稍微恢復了理智，思緒變得比較清晰了，范子文抬眼看向胡如玉，竟然主動抬腳走向她。

「如玉、是如玉吧？今天說好，要來看……我和鍾靈……」

她的聲音細如蚊蚋，與吳鍾靈相反，溫柔得像是小溪流水，甚至被廣播聲蓋過，其他人就算站在附近也聽不太清楚。

胡如玉立刻大力地點點頭，面露欣喜地握住范子文的雙手說：

「對！就是我！妳還記得我嗎，子文？我一直在找妳們！」

「你們見過玉華和昭榮了嗎？」

「嗯，見過了！」

此時，護士將廣播的聲音轉小，其他人這才能聽見她的說話聲。

「那鍾靈呢？對了，我剛才聽到外面有人在大叫，是不是發生了什麼事？」

「這……」

胡如玉臉色一僵，眼神有些不知所措地到處游移，當她正在猶豫該怎麼說才好時，護士走到范子文身後，低聲回答：

「吳班長違反院規，目前正在接受審問。」

范子文瞬間大驚失色，細眉緊緊地揪著，驚恐地轉向護士說：「不可能！鍾靈人那麼好，你們一定……是搞錯了！」

但護士仍面無表情地看著她，語調絲毫不變地回應：「她私藏禁書。」

「沒有、沒有，不可能！一定、是有人栽贓她。我跟她在一起這麼久，我很清楚……她的為人。」

范子文抓著護士的雙肩搖了搖，不過護士不為所動。她的一雙眼睛四處看了看，之後快步走到辦公桌前，拉開一層一層抽屜翻找著什麼。

護士見狀，皺起眉頭，也快步走到辦公桌前，拉住范子文的手。

「妳在做什麼？快住手！」

「我拿給你們看、我給你們看！院長他，最信任的就是鍾靈。」范子文掙脫護士的箝制，從抽屜裡拿出了一張紙，伸向前出示給所有人看，「這是他批下來的公文！你們看、看這裡，寫著鍾靈在院內表現良好，要提拔她，到新的分院……當院長。」

一行人定睛看了看那張紙，卻沒在上頭看到范子文所說的字句。

「這只是一張收據而已。」護士淡然地說。

沒錯，她拿出來的不過是張平凡無奇的收據，根本不是她所謂的公文。

紀墨言等人有些手足無措地互相看了看，但沒有人知道范子文到底在做什麼，只知道她對於吳鍾靈正在接受審問的事異常激動。

見手裡的「公文」沒有用，范子文快步走近護士，抓著她的雙肩說：

「拜託妳，救救她！她、她是冤枉的，一定是有人搞錯了……對，搞錯了，一、一定是許昭榮，他跟她有仇！你知道嗎？快，打電話給院長！」

但護士不理會范子文的瘋癲，一把將抓著自己雙肩的手扯下，轉頭對紀墨言等人說：

「各位，我們還要訪問其他病患，院長室的參訪就到這邊。」

說完，護士轉身就要帶著五人離開院長室。

當其他人也跟著轉身走向門口時，范子文卻放聲大喊：「你們以為你們看到的是什麼？院長室是假的，這裡根本沒有院長！」

「范子文，閉嘴！」

護士伸出食指指著范子文的鼻子厲聲制止，又轉身快步走向范子文，伸長了手想抓住范子文。不過范子文敏捷地閃躲，從護士的手下逃脫，纖瘦的身體轉身就躲到了胡如玉身後。

「這間長安療養院根本是監獄……妳不要過來！」范子文朝護士大吼一聲，轉頭看向紀墨言等人，指著護士續道：「你們看到的人都是進來以後才被逼瘋的，千萬不要靠近他們，不然你們的下場也會跟我們一樣……」

「范子文，妳也想接受懲戒嗎！」

護士來到胡如玉身前，再次伸長了手，繞到胡如玉身後想抓到范子文，但是范子文就像動作靈活的泥鰍，馬上又從護士手中逃脫，轉身就跑出了院長室。

「子文！」胡如玉喊了一聲，追了出去。

眼見抓不到范子文，護士氣得咬緊牙關，轉身走到辦公桌的電話前，拿起話筒撥打內線：「院長室2A發生突發狀況，請過來支援。」不等對方回應，她一說完就掛斷了電話，急忙追了出去。

「我也去看看情況！」何文豪立刻緊跟其後。

紀墨言看了看那幾個人的背影，手伸進口袋，抓緊了宋玉華給的那張紙條，腦中回想起宋玉華和許昭榮的話：

『這是院長室保險箱的密碼，我需要你依照我們提供的線索找出文件。』

『你們待會兒去院長室的時候，一定要找機會解開那裡頭的保險箱，記得拿走黃色信封裡的文件和那塊刻有梅花的令牌，那也是相認的信物……』

與此同時，身旁的張錦祥搖了搖紀墨言的肩，並說：「快！我們必須找到保險箱！」

紀墨言瞬間回過神，立刻點點頭回應，「好！」

兩個男人馬上展開行動，不想再浪費一分一秒，開始在辦公室的各處尋找保險箱。

至於白晴，她呆愣地站在原地，看著兩人四處翻箱倒櫃，企圖找到許昭榮所說的保險箱。

如果可以，她並不想插手這次的行動……畢竟，這種事的成功機率根本趨近於零。如果這間醫院真的是會逼瘋人的監獄，那四處應該都有竊聽器才對，他們五個人在療養院裡說的話都會一五一十地被錄下來，這次的行動很有可能早就暴露了。

要是這次的行動失敗，她現在不動作，至少能用自己沒有採取任何行動或者提供任何幫助來為自己開脫。不過，就如剛才胡如玉所說的，她從踏進這裡的那一刻起早已毫無選擇，和其他人是同一條船上的人了……

白晴眼神猶豫地游移了片刻後，低下頭幫忙尋找保險箱。

從門口一眼望進院長室內，看不到任何保險箱，三人四處找尋。

紀墨言拉開辦公桌的幾個抽屜，裡頭都只有原子筆、紙張、鉛筆等文具，還有幾張無關緊要的收據，沒有任何其他東西。

他咬了咬牙，疑惑地皺起眉。

若是有在使用，這些抽屜太乾淨、整齊了。就算有在打掃整理，也不太可能只有文具和幾張收據啊，畢竟負責打掃這裡的范子文應該不被允許拉開抽屜才對。

疑問盤踞在紀墨言的心裡，腦子不由自主地開始運轉思考。

如果不是院長特別謹慎，離開前會把所有物品都帶走，那就只有一個可能——這裡沒有院長。但是，有可能嗎？

儘管腦袋仍在不斷思考，紀墨言的手也沒有停下來，最後是張錦祥終於在辦公桌下的拉門式抽屜內找到了正好和抽屜一樣大的鐵灰色保險箱。

「兩位，在這裡！」

張錦祥輕聲叫來其他兩人，並指著保險箱上的四位密碼說：

「需要密碼，我們不知道……」

「這裡。」

紀墨言掏出紙條，蹲到保險箱前面要輸入密碼。

保險箱的密碼鎖是數字鎖，有四個數字，只要將正確的數字轉到同一排就能打開了。

紀墨言打開紙條一看，上面卻空無一物，沒有任何字。

不僅他驚訝地皺起眉，一旁的張錦祥和白晴也感到不解。

「怎麼會沒有字？你是不是拿錯紙條了？」白晴望向紀墨言。

「不，不可能……我身上沒幾張紙條啊。」

「還是他們搞錯了，拿錯張紙條了？」張錦祥先探頭確認還沒有任何人回來，有些煩躁地低聲說：「嘖！這是要我們怎麼辦啊！」

紀墨言也慌了心神，直盯著空白無比的紙面看。

剛才宋玉華交給他時，因為時間緊急，他根本沒有時間確認，可是不管怎麼說，上面都不可能沒有字啊！這之間是不是有什麼差錯，或者他沒注意到什麼……

這麼說來，剛才宋玉華將紙條交給他時，因為曾經伸進馬桶水槽裡，所以手上是濕的，可是紙並沒有因為被水濡濕而軟化。

難道，這張紙是特殊材質，碰到水不會軟化？不過，為什麼要特意使用特殊材質的紙呢？

紀墨言盯著空白的紙條想了又想，只能想到一種可能。

……是為了避免紙在碰到水時軟化嗎？

那就代表，宋玉華是以紙會碰到水為前提製作這張紙條的，既然如此……那水就是關鍵要素！

腦袋裡亂成一團的思緒就像一顆亂七八糟的毛線球，瞬間找到了線頭，一抽——一切都解開了。

他抬起頭環顧四周，到處都沒有水，沒有水壺及水杯，也沒有洗手間。紀墨言抿了抿唇，緊張到開始口乾舌燥，連口水都開始乾涸……

對了，口水！

沒辦法，緊急情況下只能用這種辦法了。紀墨言立刻用手指沾了一些口水，抹在紙條上，這個動作立刻引起白晴錯愕的叫聲：

「你做什麼啊！」

與此同時，手指滑過紙面，浮現了淡淡的墨水，隱約構成一個字。

紀墨言心裡一喜，立刻跟兩人說：「是水！這應該是要碰到水才會顯現出來的墨水！你們看！」

他將手上隱約浮現出字樣的紙條拿給兩人看，之後也不等兩人給予回應，更加快速度用手指沾取口水，沾濕紙條。來回幾次後，紙面上的字總算變得清晰一點了。

他定睛仔細看著，努力辨識紙條上的字。

2……4……6……9——

2469！一看到字，紀墨言立刻低聲說：

「是2469！」

「啊……好！」

蹲在保險箱前面的張錦祥顫抖著手，一一轉動著密碼鎖的數字。

噠！

隨著一聲細微的清脆聲響，保險箱的鎖彈開，張錦祥趕緊將鎖拆下來，一把拉開保險箱的門。

裡頭果真放著一份用黃色紙袋裝著的文件，以及一個梅花令牌。

「快！快把這些東西放進包包裡！」

張錦祥將文件塞進紀墨言的懷裡，要他將東西裝進他的大包包裡。

「好！」

將東西裝進公事包裡後，張錦祥又將密碼鎖裝回保險箱上，並將密碼打亂，把一切都恢復原狀。

正當三人正要走回門口時，外頭的吵雜聲剛好由遠而近，范子文又跑回到了院長室內，身後仍舊跟著胡如玉、何文豪及護士，另外還有兩名不曾見過的護士。

范子文經過三人身邊，躲到辦公桌後面，對追著她的一群人大喊：「不要過來！」

護士根本不把她的威嚇當成一回事，直盯著她往前走了幾步，一手從口袋裡拿出玻璃糖罐子，倒出了一顆藍色糖粒至掌心。

「范子文，過來。妳現在吃下這顆糖的話，我就當作沒事發生，不往上呈報。」

「不要，我不吃！我吃得太多了，才會變這樣！妳剛才是打給院長嗎？還是總統？院長根本就是總統，他救不了我們的，他要殺了我們！」

范子文的一頭秀髮因為四處亂跑，早就變得亂七八糟了，此時瘋狂搖頭的她看起來就像真正的精神病患，但紀墨言等人心裡清楚她說的話似乎是真的，讓人感到錯亂。

「范子文——」

「這裡在吵什麼？」

突然間，一道高亢的男聲打斷了護士的話，所有人都循聲往門口看去。一位剃著平頭，皮膚黝黑且身材壯碩的壯漢揹著雙手，緩步從門口走進來，渾身自帶威嚴，空氣也瞬間凝滯，沉重得差點令人喘不過氣。

「郭、郭廷亮……」

范子文語帶顫抖地看著走進來的男人，戒備地瞪著他。

「范子文，就是妳在擾亂秩序嗎？」

名叫郭廷亮的男人又緩緩踏出一步，每一步都鏗鏘有力，彷彿千斤重的大石重擲地面。他每往前走一步，范子文就害怕地後退一步，雙手直往前伸，不斷揮動。

「你、你不要過來！」

但是，再往後就毫無退路了——因為她的背後是一道落地窗，外頭則是陽台。

范子文慌張地往後看了看，又看向依舊不斷逼近的郭廷亮。

她咬了咬慘白的唇，乾脆一不做二不休，打開往左右兩邊敞開的落地窗，一腳踏上陽台。

「你不要再過來了！不、不然我就跳下去！」

「跳下去？妳確定妳做得到？」郭廷亮挑了挑眉，語尾上挑，腳步仍舊不斷向前走去，已經走到了辦公桌前。

但是一旁擔心好友真的會想不開的胡如玉再也按捺不住，著急地跑上前拉住郭廷亮的手臂。

「你別再過去了！」

郭廷亮轉頭看向拉住自己的女人，粗黑的眉毛皺起，有些不屑地狠狠甩掉胡如玉的手。

「啊！」

「妳是誰？想插手管我們院內的事？」

胡如玉被甩得往後跌去，何文豪急忙上前扶住她，她才沒有狠摔在地。

「郭廷亮，他們是客人，不能失禮。」

聽到護士這麼說，郭廷亮才了然地挑了挑眉，看著被何文豪扶起來的胡如玉輕哼了一聲。

「喔……就是他們啊，真是抱歉了。不過……」郭廷亮朝陽台的方向抬了抬下巴，「她是我們院裡的病人，歸我們管，請你們別插手。」

「……」

他都這麼說了，胡如玉只能憤恨地緊咬著牙，狠瞪著郭廷亮。

只見郭廷亮毫不畏懼地大步往前走，不理會一直喊著「不要過來！」的范子文，神色淡若自如。

「我叫你不要過來！」

郭廷亮只差一步就要踩到陽台上了，范子文見到威嚇沒有用，轉身爬上陽台，準備往下跳之際——郭廷亮粗壯的手臂一伸，一把抓住了范子文纖細的手臂，並將她用力拉到身前。

「我說過，妳做不到的。」

郭廷亮說著，嘴角彎起輕蔑的笑，居高而下地俯視面露絕望的范子文。

接著，他轉頭看向院長室裡的所有人，大聲說道：「各位，沒事了，請跟我來。」

說完，他輕鬆無比地拖著仍在掙扎的范子文，走過驚愕的眾人身旁，自顧自地走出院長室。

胡如玉率先跟了上去。剛才她沒有救下吳鐘靈，現在不能讓這個恐怖的男人也把范子文帶走！

紀墨言等人相互看了看，也不放心地跟過去。

郭廷亮沒有走多遠，他拖著范子文走到隔壁的房間。

所有人一走進房，都驚愕地瞪大了雙眼，站在最後的白晴甚至摀著嘴，倒抽了一口氣。

「坐下。」

郭廷亮將范子文押上房間裡唯一一樣東西——接滿電線的椅子上，嚴厲地命令她。

范子文剛被壓坐上椅子，立刻害怕地彈起身。

「啊！放開我，我不要！」

「郭廷亮，這是什麼裝置？你想對子文做什麼！」

胡如玉毫不客氣地直呼郭廷亮的名字，腳一跨就衝上前想把范子文拉到身後。可惜，兩個女生的力量仍敵不過郭廷亮滿身的肌肉，胡如玉被郭廷亮一把扯開，再度推倒在地。

「子文！」

「如玉，救救我！」

郭廷亮對兩個女人悽慘的喊叫聲充耳不聞，宛如冰冷的機器人，不帶感情地轉頭向紀墨言等人說：

「一切都在我們的掌控當中，請各位放心。」他再度看向手中不斷掙扎亂動的范子文，冷聲命令道：「我再說最後一次，坐下。」

「嚇！」

一個眼神，就瞬間讓范子文嚇得噤住了聲，發著抖，害怕卻順從地坐上椅子。

郭廷亮十分從容地把范子文的手、腳都用椅子上的皮帶綁起，即使范子文已經害怕得掉下了眼淚，他仍無動於衷。

最後，他用皮帶將范子文的頭固定在椅子上。

「子文……不行……」

胡如玉仍不放棄，手忙腳亂地從地上爬起來後，馬上又想衝上前幫范子文拆開皮帶，但是這個情況很危險，要是再衝上前，她很有可能也會受傷，因此何文豪上前攬住她，從背後緊抱住她，不再讓她上前。

「胡小姐，冷靜點，別再過去了。」

「不行！子文她很害怕，她會死的！」

「但是妳過去，妳也會受傷的！我們冷靜點，要以大局為重！」

最後那句話，讓胡如玉像被潑了一桶冷水，頓時靜了下來。

——大局。

是啊，他們今天來到這裡，應該還有更重要的目的才對……

胡如玉轉頭看向身後的何文豪，看到了他眼裡想說的話，默默地低下頭。若要得到什麼成果，就得付出一些什麼。今天，吳鍾靈和范子文會寫信給她，請她來見她們一面並揭發這些真相，肯定已經做好了心理準備……

她們已經被困在牢籠裡了，不管怎麼做，都早已無法逃走。也就是說無論如何，她們都會犧牲。

胡如玉雙手握緊了拳，紅著眼眶看向范子文。

而范子文也滿眼淚水地看著她。

「你們，一定要救我們。」

她說的我們，究竟是被困在這間牢獄裡的他們，還是牢獄之外，困在謊言之中的人們呢？

不知道，胡如玉真的不知道。

這時，一旁的郭廷亮拍了拍范子文的肩，像是在安撫她。

「妳放心，我們會救每個人，這是院長當初創立療養院的宗旨，我們會救每個人的。」他繞著椅子周圍緩步走著，「但是，我們發現院裡有人刻意在搞破壞。」

郭廷亮停在椅子後頭，探頭湊到范子文的耳邊問：「剛剛護士說妳想要……讓療養院關閉是嗎？」

范子文不停地搖頭，「沒、沒有！」

他直起身子，再度開始繞著椅子走。

「妳有沒有發現，今天的突發狀況好像特別多。你們是不是想趁著外賓來訪查的時候，故意搞出這些事，讓他們對院長的管理失去信心？這是妳的陰謀嗎？」

「不是！」

「誠實點。我們都是在同一條船上，把船弄翻了，大家都活不下去。」

「真的不是，我們真的沒有……」范子文渾身不斷發抖，被綁著的雙手拚命掙扎，想掙脫桎梏卻無用，「放開我，郭廷亮。我還有倉庫要打掃，我得走了！」

「別急，還沒完呢，妳還沒回答我的問題。是誰指使妳的？」

「……沒、沒有……啊啊啊啊啊！」

這時，郭廷亮沒有做任何動作，范子文卻忽然像被電到一樣彈起身，但因為手腳被綁著，只能再度被迫坐下。

所有人都被嚇得縮起身子，白晴和胡如玉更嚇得分別躲在張錦祥背後及何文豪的胸前。唯獨郭廷亮不為所動，彷彿沒有發生任何事一般，繼續繞行，又問：

「是吳鍾靈吧？」

「不是，不是她，我們是無辜的！」

「別以為我不知道妳們的關係……關於這點，昨天院長信箱也有收到檢舉。」郭廷亮從口袋裡拿出一張信紙，攤開來，湊到范子文眼前晃了晃，「看看妳們，渾身充滿骯髒的情慾，真是可恥。」

或許是忍無可忍了，前一秒還在流淚的范子文忽然發狠似地瞪著身旁的郭廷亮，氣得牙癢癢地說：

「郭廷亮，你忘記你以前是怎麼……」

「妳要我把上面的東西念出來嗎？後面還有很多內容喔。」

但郭廷亮不讓她說完，自顧自地抬頭看向紀墨言等人：「你們想聽嗎？喔，對了，後面還提到了紀先生跟宋玉華的關係呢。」

一雙細長的眼一一掃過五人身上，像在打量著什麼，郭廷亮頓了幾秒後才又開口：「哪位是紀先生呢？」

所有人似乎都顫了一下，眼神或是驚恐，或是驚訝地轉頭看向紀墨言。

紀墨言本身也嚇得僵著身子，只瞪大了眼，不敢動作。不過，郭廷亮順著所有人的視線，也將目光轉向紀墨言。

「您……就是紀先生嗎？」

「……」

——咕咚。

房內一片安靜，讓紀墨言彷彿聽到自己的吞嚥聲，清楚地迴盪在耳邊。他不知道該點頭還是開口說話，但不管哪一種，他都無法做到，因為他的身體僵直，不聽腦袋使喚，喉嚨又乾涸不已，啞到說不出話來。

額頭上開始冒出冷汗，順著頰邊往下流，滑到下巴尖，滴落的瞬間——鐵質物品碰撞的喀啦聲響起，打破寂靜。郭廷亮一一拆開束縛住范子文的束具，釋放了范子文。

相對地，他走近紀墨言，一把抓住他的手腕，輕輕一扯就將一個大男人扯到電椅前。但紀墨言看到近在咫尺的那張椅子，下意識地抗拒坐上去，死命地將雙手撐在扶手上，抵死不從。

郭廷亮見狀便低下頭，附在他的耳邊低語：

「紀先生，放心，這張椅子沒有通電。」

「……？」

紀墨言不解地微微轉過頭看著郭廷亮，眼底滿是戒備，顯然不相信郭廷亮說的話。

然而，郭廷亮對此不以為意地一挑粗眉，毫無預警地用膝蓋頂上紀墨言的後膝窩，使後者的雙腿不由自主地一軟，在跪到地上的前一秒又被拉起身，一陣天旋地轉過後回過神，身體已經被放上了電椅。

郭廷亮熟練地一一綁上束帶，紀墨言則不由自主地不斷發抖，一雙眼也緊緊地跟著郭廷亮走，看不到對方時則慌亂地遊走在張錦祥等人身上，渾身散發出求救的訊號。

——救、救我……

他以嘴型對他們說，但張錦祥等人也無能為力，只能呆愣地看著他。

郭廷亮緩緩開口：

「聽說，宋玉華打算利用你是記者的身分，色誘你混入訪客中，企圖指使你捏造不存在的事實、偽造假新聞，藉此攻擊療養院的聲譽。現在，你告訴我，你們是怎麼認識的，幕後主使是誰？」

面對莫須有的指證，紀墨言不停地搖頭，「沒有！那封檢舉信是假的！我們只是來探訪而已。」

喀。

郭廷亮停下腳步，站在紀墨言的斜前方，似笑非笑地盯著他，過了半晌才說：「……這不是我要的答案。」

在紀墨言驚恐的眼神注視下，他轉向縮到胡如玉身後的范子文。

「我再說一次，講出來，對妳，跟他都比較好。」

范子文慌亂地看向紀墨言，一會兒又看向身邊的所有人，眼瞳左右游移了一陣子後，突然一把抓住最靠近自己的張錦祥手腕說：「是他，是他才對！我可以作證！」

郭廷亮看著張錦祥，命令道：「你，過來，坐下。」

突然被指證的張錦祥也一臉驚恐，定在原地不敢動，不斷揮著手，嘴裡說著：「沒有，我沒有！不是我！」

但這些話沒有被郭廷亮聽進耳裡。他將紀墨言鬆綁，一把拉下電椅後，也不管紀墨言因為腿軟得無法站起身而直接重摔在地，伸手就扯過張錦祥的手，順勢將人扔上椅子。

「不、不是我！」

「他身上有證據，在那本書裡頭。」范子文又補道。

聽到這句話的郭廷亮將人綁上椅子後，拿起張錦祥在掙扎時扔到地上的公事包，打開，手伸進包包裡撈——拿出那本《民主淺說》。

他挑了挑眉，在張錦祥眼前晃了晃那本書。

「這本書……不是禁書嗎？你帶禁書進來？」

「不，不是……我沒有……」

張錦祥害怕得語無倫次，即使想為自己辯駁，但因為慌張害怕，嘴裡能吐出來的總是重複的那幾句話。

但郭廷亮的眼底依舊不帶任何感情，湊近到他的眼前，冰冷地盯著他。

「這件事是重罪，我要好好搞清楚。」

「等等！讓我再跟他說一句話。」

范子文再度開口，郭廷亮不以為意地挑挑眉。

「哦？是嗎？」

「怎麼，妳還想跟他串通嗎？」

「不是，我想勸勸他，要他認罪。」

郭廷亮半信半疑地盯著范子文看，目光直勾勾地看著她，猶如一隻老鷹，正在審視獵物。不過范子文的一雙大眼也毫不畏懼地對上他的目光，泛著光的瞳孔清澈如水，讓郭廷亮放柔了目光。

「……好吧。」

范子文快步走到張錦祥的身旁，雙手死死地握住他的左手，湊近他的耳邊低聲道：「我很抱歉……照紙條上的內容回答就好。」

張錦祥一瞬間瞪大了眼。

他捏緊左手，果真在手心裡感受到紙張硬質的觸感，不斷顫抖的身體頓時又顫得更厲害了。

「好了，妳可以離開了。」

郭廷亮一把拉開范子文，轉身將她交給其中一名護士，「帶她回去。」

「好。」

趁著這個空檔，張錦祥趕緊用五根手指匆忙地打開摺成小正方形的紙條，眼睛快速掃過上頭的字。

「好了，我們來好好聊聊吧！」

聽見郭廷亮的聲音，張錦祥立刻又握緊了左手，將紙條握在手心。額頭上冒出細小的汗，隨著郭廷亮的腳步一步步逼近，涼意越從腳底竄上來。

手裡依舊拿著那本《民主淺說》，郭廷亮將雙手揹在身後，又在電椅周遭繞行。

「這本《民主淺說》是被禁止流通的書，你為什麼會有？」

張錦祥的喉嚨滾了滾，顫著聲音說出紙條上的第一句話：「主權……就在我們身上……」

「快說，是誰給你的！」

「人民才是……國家的……主人。」

——噠噠。

腳步聲停在身後，張錦祥看不見郭廷亮的身影及動作，一雙眼睛毫無規則地四處游移，顯露出他的驚慌。

房內沒有人敢說話，汗濡濕了整個後背。

「我問最後一次，」郭廷亮從左後方露出面孔，傾身湊到張錦祥的耳邊，又說：「你為什麼，想要毀掉我們療養院？」

張錦祥的左手收緊，關節都握至泛白。

「相信……你所看見的，他就會發生。」

「呵！我懂你到底想要說的是什麼了！」

郭廷亮輕笑一聲，盯著張錦祥看了好一會兒，看得張錦祥全身直發毛，甚至嘴唇發白。

這時，有一名護士突然走進房內，直走到郭廷亮身旁，在他耳邊悄聲說了些什麼。

只見郭廷亮的眉頭皺起一瞬間，隨後又放鬆下來，微微勾起嘴角。

「原來是這樣……原來你們之中，還有人偷走了院長的私人物品？」

紀墨言等人聞言，心臟都一緊。

郭廷亮則轉身掃了一眼站在牆邊的他們，笑裡帶著戲謔。

「看來，犯人不只一人。」

說完，他轉頭對護士低語了什麼，聽不清楚。

護士點了點頭，「好。」

護士離開的同時，郭廷亮彎下身，幫張錦祥鬆綁。

然而，一句話輕輕飄進張錦祥的耳裡。

「放心，我知道你們是誰，沒事的。」

「……?!」

張錦祥無法遮掩驚訝，猛地轉頭看向正在替他解開左手束帶的郭廷亮。

兩人只對上視線一秒，張錦祥不由自主地皺起眉。

——怎麼回事？這句話是什麼意思？他也是我們的同伴嗎？還是說，他是在威脅我？

但當他還在疑惑時，手上便發出「喀啦」的聲音，同時手腕上傳來冰冷的觸感。

是手銬。

張錦祥還沒反應過來，郭廷亮已經將他的雙手上銬。其他人也由多名護士冷不防地拿出手銬，在他們反應過來前就被銬住了雙手。

「這、這是……你們想做什麼！」

何文豪當然不會安然就範。當護士用繩子將五人綁在一起時，唯獨最快回過神來的何文豪開始到處閃躲。最後護士們拿他沒有辦法，還是由郭廷亮出手箝制住他的雙手，讓護士綁上繩子。

「你們都是一夥的，都脫不了關係。」郭廷亮轉向身旁的護士，「把他們全部送進拘押室，交由院長發落！這些人罪證確鑿，逃也逃不掉。」

「好，辛苦你了。」

「是，院長萬歲。」

看著郭廷亮對護士彎腰低頭，張錦祥更困惑了。

——剛才那句話，果然是在威脅我們吧？這個人表現得就像忠實的狗一樣，看起來不像是會幫忙我們的人。

「來，跟我走吧。」

一名護士拉著繩子的前端，轉頭略帶不屑地瞥了五人一眼，隨手扯了扯繩子，帶五人走出電椅房。兩名護士走在隊伍的最後面，也跟了上去。

跟在護士的身後走在長長的走廊上，紀墨言咬緊了唇，臉色很是蒼白。

這樣是完全沒戲唱了吧？這裡的戒備那麼森嚴，在這裡頭發生的事情也令人費解，根本想不通在搞什麼，這下子別說是把文件帶出去了，連能不能活著離開這裡都是個問題。

難道……自己也會像宋玉華他們一樣，永遠被關在這裡，還被逼成瘋子嗎？雖然不用等到那時候，他現在就覺得自己快要瘋掉了。腦袋一團混亂，完全不知道該如何是好。

「喂！我們該不會真的要被關起來了吧？」

走在他前面的何文豪稍微放緩腳步，往後湊到紀墨言的耳邊低聲說。

紀墨言也只能搖搖頭。

「我也不知道……凶多吉少吧。」

「我想也是……嘖！」

護士帶五人踏上樓梯，走上四樓。

四樓似乎都沒有人，走廊上的左右兩邊依舊都是一排房間，但上面都沒有掛上牌子，房門也不像樓下三樓都是木門，而是帶有大鎖的鐵門，窗戶也都是鐵窗。這層樓的氣溫似乎比樓下都低上許多，有股陰寒的感覺，就算有陽光從窗外照進來也驅散不了這股寒意。

紀墨言不由自主地吸了吸鼻子，緊皺起眉。因為空氣中似乎帶著溼黏腐敗的腥味，讓鼻子很不舒服，就彷彿有什麼動物在這裡死去，又像是老鼠死掉的腐爛氣味，總之五味雜陳。

在四樓的走廊上走了一段路，護士用鑰匙打開其中一間房間的大鎖，將五人帶進房裡。

這間房裡幾乎什麼都沒有，只在天花板上釘了一根長長的欄杆，上頭有好幾條鐵鍊，高度大概一個成人站著的高度。三名護士各自分工，用鐵鍊將五人固定在鐵桿上。

工作做完後，其中兩名護士就離開了，留下一名護士看守五人。

到了此時，只要是人，心裡難免都會有些怨懟。白晴忍不住開始低聲哭了起來，嘴裡不斷說著「我不想死啊……我就不該來這裡……」胡如玉則面如死灰地呆望著地面，張錦祥看起來十分疲憊，臉色十分蒼白，而何文豪很是不甘地死咬著牙，十分憤恨地瞪著護士。

至於紀墨言，他忍不住輕笑出聲，其他四人及護士都不解地看向他。

感受到其他人的視線，紀墨言輕搖了搖頭：

「呵呵……抱歉，我忍不住……」

護士對此只回以一個輕蔑的眼神，彷彿完全不在意。畢竟在這裡的都是像這樣的瘋子，這種情況她看多了，幾乎都習慣了。她左右望了望，覺得房裡有點不對勁。

「不對，這裡應該要有人在才對啊。」

護士自言自語似地說完，轉頭看著五人說，「你們，誰都不准動。」

「……」

沒有人回應她，只有白晴的抽泣聲響徹房內。

護士只瞥了一眼紀墨言等人，便在房內各處走走看看，似乎在尋找什麼。最後，她看到陽台的落地門窗上有道人影，便打開陽台的落地門，果真在這裡找到了自己想找的人。

「你怎麼在這裡？怎麼不是在房裡——」

——咻！

伴隨著細微的一聲聲響而來的，是液體噴灑到牆上的聲音以及重物落地的聲響。五人聽到動靜，都紛紛不解地想轉頭看，白晴也止住了哭聲，側頭望向聲音傳來的方向。

只見落地門的玻璃上噴灑了大面積的鮮血，剛才那名護士則倒在地上，頭上被開了一個洞，鮮血正從後頭部汩汩流出，在地面上逐漸擴散。

白晴嚇得瞪大了眼，在她要張開嘴大喊前，胡如玉趕緊出聲喊了一聲：

「不准叫！妳想引來其他人嗎！」

白晴立刻噤住了聲。

這時，一個男人跨過護士的屍體，走進房內。

「張世明……」

聽到何文豪的低喃聲，渾身散發出幹練的氣息，頂著三分平頭，身材精壯、皮膚黝黑的男人輕勾起嘴角，對何文豪點了點頭：「好久不見了，文豪。」

「我原本還不相信是你寫信給我的，但你竟然真的在這間療養院裡！」

「嗯，這段期間的事說來話長，有機會的話，等出去後，我們老同學之間再好好敘舊吧，但現在沒時間了。」

名叫張世明的男人將手裡的槍放到牆邊唯一的一張椅子上，從護士的口袋裡搜出鑰匙，走過來一一幫五人解開手銬，一邊解釋道：

「各位，我們現在在同一條船上了。首先，我要跟你們說，我們不是精神病患，我跟宋玉華等人原本是直屬於總統府的調查組織，對外的名稱叫『機要室資料組』。所有對總統有異心的組織，會被我們調查逮捕、連夜審問，像是電椅、針刑、灌水。大部分的人撐不過一天，就會交出自白書了。

半年前，我們去調查一個名叫『前鋒青年協會』的地下組織，受他們的影響，我們開始暗中集結一些民間的力量，想要為國家做點大事。誰知道，什麼都還沒成功，某天就有一批警察闖入我們辦公室，把我們強行帶走。

我們被關押到這裡，他們把我們以前對付嫌犯的招式全部用在我們身上。好多伙伴被逼瘋了，而這個地方唯一的目的，就是洗腦。」

紀墨言、張錦祥及何文豪聞言，互相對望了一眼。他們想得果然沒錯。

將所有人都鬆綁、解開手銬後，張世明續道：

「各位是我在政府組織裡時嚴密監控的對象，你們都在我們的列管名單上，你們可能從來不認識我，但我認識你們很久了。

你們的危險之處，在於你們知道的比一般愚夫愚婦還要多。你們的可怕之處，在於你們會懷疑、會思考。你們是國家的恐怖分子，但現在國家，需要你。

在演習開始前，你們要去我們的祕密總部。附近市場的廟口前，有一位流浪畫家會喊著『梅花值多少？』，你們要把令牌拿給他看，並說暗語給他聽，他會告訴你們總部的地址。」

他又從口袋裡拿出一張紙條，交給何文豪。

「當你們到達總部後，按照這個加密的指示找出我們藏在總部裡的文件，要搭配今天在保險箱取得的文件一併公布出來，揭發真相。

記得，在抵達地點前，千萬不能打開。現在四處都是耳目，原諒我不能講得太明白。」

何文豪對上張世明的目光，收下紙條並點了點頭，表示理解。

而張世明說完後頓了頓，又走進一旁的廁所裡，從裡頭拿出一本手掌大小的筆記本，也交給何文豪。

「另外，我知道外頭一直有軍隊在盤查，這上面有記載要如何應對。」

何文豪再度點點頭，將筆記放進口袋裡：「我明白。」

張世明拍了拍何文豪的肩，低聲鄭重地叮嚀：

「文豪，這些人的安危，就靠你了。」

「我會的。你……也要小心。」

「嗯，來日有機會再聚吧！」

張世明一伸出右手，何文豪立刻握住，兩人就此交換了一個擁抱，帶著一點惺惺相惜的意味。畢竟從今天之後，還不知道能不能再見到這位老同學。

不過沒有多少時間哀嘆了，張世明馬上放開何文豪，對所有人說：

「好了，沒時間了，我現在帶你們從後門出去。帶著希望活下去吧，百合會為你們指引方向。」

說完，張世明轉身走到門口，稍微探頭往周遭看了看，確定沒有人後對五人招了招手：

「我們走！」

何文豪率先跟了上去，接著是紀墨言和張錦祥，胡如玉則在隊伍的最尾端攙扶著仍舊驚魂未定的白晴，放輕腳步跟上去。

一行人跟著張世明，悄聲無息地一連走下四層樓，來到餐廳所在的一樓。張世明並沒有帶五人走進來時的路線，就如他所說，他帶五人走向相反的方向。

越往底端走，走廊上越漆黑，甚至感覺有一股涼意。

他們一路走到餐廳所在的那條走廊的盡頭，眼前有一扇鎖著大鎖的斑駁木門。張世明拿出剛才從護士身上拿來的那串鑰匙，盡量放低了聲音，迅速打開木門。

喀嚓一聲，張世明拉開門，門後竟然還有一道厚實無縫的青灰色鐵門。張世明再度不慌不忙地拿出鑰匙開門。

在這期間，紀墨言等人難掩焦急，時不時就回頭，看看身後有沒有人來，額頭上也漸漸冒出冷汗。紀墨言甚至怕自己的呼吸聲太大，拚命屏著呼吸，心臟更因為緊張跳得飛快又沉重，一下一下的心跳彷彿像要撞破胸口，耳裡都是急促的心跳聲。

這時，又傳來喀嚓一聲——張世明解開了門鎖，大力推開鐵門。

隨著生鏽的吱嘎聲，陽光從門外照入室內，掃去走廊盡頭的黑暗，驅散了不知名的涼意。瞬間迎來的耀眼陽光讓一行人紛紛眯起眼，有些人更抬起手來擋，等眼睛適應亮光。

「快，跟我來！」張世明輕聲喊道。

已經沒時間拖拖拉拉的了，演習再過不久就要開始，他們能行動的時間不多了。

五人趕緊跟上張世明，從建築物的外圍往後走。

越往後走，周遭也越荒涼。從正門進來時看到的庭院看得出來很用心整理，但是後院卻十分荒涼，雜草叢生。另外有一大片地方沒有長草，取而代之的是一座座的小山丘。

簡直是私人墳地。

紀墨言不太敢東張西望，就怕自己會不小心看到什麼不該看的，同時也特別注意腳下，就怕踩到一座座隆起的小山丘或是其他東西。

不用說，他心裡也明白那一座座小山丘下埋得不是別的，是人的屍體。

不知道為什麼，紀墨言的耳邊突然迴盪著載他來療養院的車夫所說的話。

『那間療養院在晚上，常常傳出悽慘的尖叫聲……還有人看過他們丟掉沾滿鮮血的床單……也有人說裡面關的那些人都是……那個，尖叫聲是因為在刑求逼供。』

他不自覺地緊緊握起了拳頭。

還有多少事情……是人民被蒙在鼓底的？還有多少人……是死於政府的毒手之下？這一座座小山丘的數量不少於二十，不，或許超過了三十，這些人都是死在政府手中，只為了心靈上的自由。

宋玉華、宋馨和、李世傑、許昭榮、吳鐘靈、范子文、張世明……這些人也有可能會永眠於此。

紀墨言用力閉上了眼，再度睜開時，所有的慌亂都消失了，眼底只有堅定的光芒。

——這次，絕對不能失敗。

第五章

逃亡

在他們的掌握下，不只是這間療養院，
整個國家都是他們用來困住人民的監獄。
所以，逃又有什麼用呢？

療養院的後門就在那片墳地的另一邊，紀墨言等人跟著張世明穿過墳地，來到高聳圍牆上的一道小鐵門前，這裡也不出所料，果然有鎖。張世明不慌不忙地拿出另一把鑰匙，打開門鎖。

他打開後門，對紀墨言等人比了個方向，說：

「從這邊過去，直走不久就會有一個城鎮，我說的流浪畫家就在那裡的市場裡等你們。」

幾人點點頭，表示理解，同時一一穿過鐵門。

不知道是不是錯覺，在踏出療養院圍牆的瞬間，紀墨言突然感到豁然開朗，空氣清新自在，不如療養院裡凝滯又沉重。

世界一片開闊，天空一片蔚藍。

這，大概就是自由的味道吧！

紀墨言深深吸了一口氣，原本有些驚慌的心情瞬間平靜下來，腦袋也清楚許多。這時，他才想到今天這場行動，有危險的不只是負責揭露真相的他們五人，身在療養院裡的宋玉華他們才是最危險的。

他們早就被困在這個牢籠裡，無處可逃了。

紀墨言有些苦澀地抿了抿唇，走到張世明身前問：「那你們呢？不逃走嗎？」

後門已經開了，鑰匙都在張世明的手上，若是想逃，絕非難事。不，應該說現在肯定是逃跑的大好機會。

然而，張世明無奈地搖搖頭說：「等一下肯定就會有人追來，他們知道是我動手的，一定會四處找我。要是找不到我，玉華他們就要替我承擔……所以我必須留下來。」

「那就所有人都一起逃——」

不等紀墨言說完，張世明失笑出聲。

「不可能，只要政府還在，我們就永遠逃不掉。因為在他們的掌握下，不只是這間療養院，整個國家都是他們用來困住人民的監獄。所以，逃又有什麼用呢？」

這句話猶如當頭棒喝，一仗打在紀墨言的頭上。

他點點頭，堅定地望著張世明：「……我們，會解放人民的。」

「嗯，拜託你們了。」

張世明拍了拍紀墨言的肩，望著五人快步離去的背影，目送他們離開。

這一刻，那五道背影在他眼裡，耀眼如光，讓他的心忍不住激昂起來。

——你們，是我們的希望……自由就握在你們手上了。就算我們必須犧牲，那也值得。

• — • •

紀墨言等人往張世明指示的方向走了不久，果真開始慢慢有了人煙，越走近，吵雜沸騰的人聲也越來越大，周遭也有一棟棟的民宅，漸漸熱鬧起來。五人走進城鎮，看到路旁有零星的攤販，卻都在收拾東西。大概是因為演習時間將近，正在準備收拾，躲回家裡去。

轉眼一看，附近甚至有警察，正拿著警棍一一提醒攤販，要他們趕快收拾東西回家。

紀墨言看了看左右，有些不知所措。在陌生的城鎮裡，他不知道該怎麼找到張世明說的市場，更別提要找那位流浪畫家了。他轉頭看向何文豪及張錦祥，但其他兩人也都是一臉困窘的神情，狀況頓時陷入了困境。

這時，扶著白晴走在最後面的胡如玉開口：「市場在那邊，跟我來。」說完便穿過走在前面的三個男人，到前方帶路。

而三個男人都驚訝地看著胡如玉，不過也馬上回過神，跟上她的腳步。

「妳為什麼會知道？」何文豪率先開口。

「因為我之前也住在這座城鎮，差點被抓進那間療養院。」

聞言，何文豪一愣，隨後像是理解了什麼，沒有再多問。

由胡如玉帶路，五人左彎右拐地來到了城鎮的中心，也就是市場入口。

市場裡還是有不少人，人聲鼎沸，不像城鎮邊緣的攤販都在收拾東西，裡頭依舊有許多攤販擺在騎樓底下，正在熱情地招呼客人。他們走進人群之中，人群熙熙攘攘，走了一段路後總算在接近市場出口的路旁，發現了賣畫的攤位。

攤位老闆戴著草笠遮陽，留著一把落腮鬍，身穿泛黃又皺巴巴，還有些破洞的短袖上衣及黑色短褲坐在裡面，一手拿著畫筆，一手拿著調色板，正面對著畫布點點畫畫。

紀墨言又抬頭看了看四周，發現攤位的後方就是一間小寺廟，位置正好就是廟口。難道，張世明說的流浪畫家就是他？

「你們有拿到令牌嗎？」胡如玉轉頭問紀墨言三人。

「有。」

紀墨言拍了拍身後的張錦祥，招了招手，示意他把東西拿出來。剛才在院長室保險箱裡找到的東西，現在都在他的公事包裡。張錦祥也立刻就意會過來，從公事包裡拿出梅花令牌，遞到畫家面前。

「抱歉，這個……」

畫家聽到聲音，轉頭瞥了一眼令牌，伸手接過東西看了看，之後抬眼左右看向紀墨言等人，眼神像在打量什麼，帶著半信半疑。

過了幾秒，畫家才開口用低啞的嗓音說：「梅花值多少？」

紀墨言記得，剛才張世明有說過畫家會以這句話對暗號，只是，在這短短幾小時內發生了那麼多事，他的腦袋早就亂成了一團，一時間完全想不到暗號是什麼，也想不起來在哪時候得到了暗號。

這時，站在他身後的何文豪眼睛轉了幾圈，想到了什麼。

「剛才，許昭榮說過，暗號在那本書裡，而我們也找到了才對……」

沒錯，剛才的確有拚湊出那句暗號，可是是什麼呢？紀墨言的腦子裡只有模糊的印象。他煩躁地搔了搔頭，轉頭看著其他四人：

「你們還記得暗號嗎？」

「我記得有提到百合……」

張錦祥也揉了揉眉間。剛才歷經生死關頭，腦袋裡的東西彷彿瞬間被清空了，現在是一片空白。就算想再找，書也不在手裡了，紙條也撕毀沖進馬桶了，根本無計可施。

這時，站在前頭的胡如玉聽到百合兩字，一雙眼底瞬間閃過一道光芒。

「你說，百合？」

因為許久沒有聽到再加上一時慌張，胡如玉差點就忘了以前在組織裡的暗號。不過聽到關鍵字，那句暗號瞬間就浮現在腦海裡。她傾身往前，在畫家的耳邊輕道：

「……不如百合珍貴。」

——對了，在書裡找到的字是「不如百合針貴」！

紀墨言也被喚醒了記憶。

只見畫家輕輕點了點頭，轉頭從身後的十幾幅畫裡拿出其中一幅，交給紀墨言等人。

「這幅畫送你們。」

「咦？」

這幅畫，是線索嗎？不是說會告訴我們隱藏機密文件的地址嗎？

紀墨言皺著眉接過那幅畫，上下端詳。畫的尺寸不大也不小，大概就像一般公事包的大小，在一片深綠色的背景中，正中央有一盆開得繁盛的白百合，然而，有一簇橘紅的火焰穿插在百合之間，像在焚燒著純潔的花朵。

「這是……壹晴的畫……！」

一直默不作聲，只站在一旁顫抖的白晴突然驚訝地指著畫說。

「妳看過這幅畫？」紀墨言問。

「……我和她都是美術系的學生，曾經看過她的畫……」

紀墨言的目光又轉回那幅畫上，便看到右下角以白色顏料寫著「百日青」三個字。

「但是，這上面的署名是百日青？」

「那是筆名。」這次換胡如玉淡然地回答，「這幅畫是她為了我們協會畫的，叫做〈燃燒的百合〉。」

這句話，讓紀墨言也明白了什麼，於是心急地問：

「既然妳也是協會的一員，妳應該早就知道藏著機密文件的地點在哪裡了吧？快點告訴我們，沒時間了！」

然而，胡如玉面露無奈地搖搖頭，回道：

「我當時會逃過那一劫，就是因為我那一段時間到外地去了，協會的總部也在那個時候遷移了，所以我不知道最後的地點……當我回來時，所有人就都被抓走了。我怕會被追捕，所以也不敢去據說他們最後被抓的地方看。」

「那到底該怎麼辦？還是說，這幅畫裡有藏著什麼？」何文豪也著急地指著畫說。

這時，畫家又拿出了一張廣告傳單，遞給紀墨言等人。

「還有，這個。雖然我沒辦法教你們什麼艱難的作畫技巧，但這個技巧很簡單的，跟著我一起畫吧。」

「什麼？」張錦祥接下廣告傳單看了看，上面根本是無關緊要的房仲資訊，「抱歉，畫家先生，我們現在沒時間在這裡學什麼畫畫！」

但畫家彷彿沒有聽見這番話，也拿起一張廣告傳單，翻到背面沒有印字的地方，斜拿著鉛筆，細細地塗滿右下角的一塊區域。

畫完後畫家抬起頭，將手中的鉛筆遞給五人，續道：

「來，就像這樣，你們也試試看吧。」

這讓性急的何文豪想打人，也想直接掀翻畫家的攤位，直接動手逼問他地點在哪裡。但畫家的奇怪舉止讓紀墨言心存懷疑，畢竟他們五個人都沒有說要學畫畫，他卻自顧自地教了起來，怎麼看都不對勁。

紀墨言半信半疑地接過鉛筆，也把廣告傳單翻到乾淨無字的背面，依樣學樣地斜拿著鉛筆，在右下角的區域細細塗滿。

這時，他發現在塗滿的區域裡，顯現出了幾個字！他雙眼一亮，立刻加快手的速度。

「在這裡……是地址！」

聞言，其他四人也紛紛湊過來看。很快地，被鉛筆塗滿的區域顯現出了一串地址，五人都驚訝地倒抽了一口氣。

——華陰街一〇三號。

「帶著那幅畫去吧，那才是它該待的地方。」畫家語帶遺憾地低喃。

五人對視了幾眼，點點頭，紛紛朝畫家道謝，帶著畫走出了市場。

不過，五人之中有三人不熟識這個城鎮的路，只能轉頭看向自稱在這裡生活過的胡如玉。

「胡小姐，妳知道該怎麼走嗎？」

胡如玉聞言卻愣了愣，雙眼東張西望，想了幾秒才勉強地點點頭。

「應該知道……可能需要找一下——」

「……我知道。」

白晴突如其來的話讓其他四人都驚訝地看向她，她則低著頭，緩緩伸出微微顫抖的手，指向某個方向。

「往前走兩個街口……左轉就到了。」

聽到她這麼說，其他四個人的反應各異。

胡如玉率先反應到白晴為什麼知道地址，畢竟當初是她舉發了協會的總部位置，有些憤恨地瞪了她一眼。至於紀墨言等人，只覺得如果這個「青年前鋒協會」的總部是在這座城鎮，那許昭榮與百日青過去自然是在這裡生活，而既然白晴認識許昭榮和百日青，那應該也是居住在這個城鎮的人，所以會知道一些地理位置也是理所當然。

張錦祥首先開口：「那我們快走吧！沒時間了。」

紀墨言也點頭回應，「沒錯。」

五人開始依照白晴說的方向往前走，但是還沒走到第一個路口，卻被人擋了下來。

五人心底一驚，全都睜大了雙眼看著面前的兩位警察。其中就屬白晴最為害怕，都不敢抬起頭，還克制不住地全身發抖。

警察們穿著卡其色的短袖制服，頭戴同色的軍帽，一雙眼毫不掩飾地上下打量著他們。或許是覺得有什麼地方不對勁，站在前頭的警察皺著眉，先開口問：

「等等就要演習了，你們還不回家嗎？」

紀墨言稍稍後退了一步，滾了滾喉嚨。

但與此同時，站在他身後的何文豪拿出剛才從張世明手中得到的筆記，在幾秒內快速翻了翻，馬上又藏進口袋，並一步站到紀墨言的身前，臉色淡定地回應：

「警察先生，我們現在就是在趕回家的路上，您不用擔心。」

聽他這麼說，警察的一雙眼睛又在一行人之中轉了轉，起了一點疑心。他伸出手指了指胡如玉，問：「那個女人是你的什麼人？」

何文豪和胡如玉迅速對視了一眼，立刻回答：「她是我的妻子。」

「那麼，另外那個女人呢？」警察又指向白晴問。

「那是我妻子的妹妹，因為身體不太舒服，所以今天才想趕在演習開始前帶她去看病，現在要帶她回家休息了。」

儘管何文豪說得臉不紅氣不喘，行為舉止毫無破綻，不過兩位警察似乎還是不太相信，又轉頭問紀墨言：

「那你呢？你們是什麼關係？」

紀墨言難掩緊張地吞了口口水，忍不住有點結巴，「我、我是……」

「其他兩位都是我弟弟！他們都想在演習前趕回家，剛好在市場附近遇到，我們就一起回家了。」為了不讓警察起疑，何文豪立刻幫忙打圓場，並用眼神示意紀墨言趕緊附和，「對吧？」

「呃，對、對！」

但沒想到這兩位警察十分不好應付，都問得那麼細了還不罷休，又指著張錦祥拿在手裡的畫問：

「那幅畫是什麼？」

張錦祥趕緊拿起畫來解釋：「這是我剛才在市場裡順路買來的，想拿回家掛。」

何文豪立刻猛點頭：「對對對！家裡的牆上有點空，所以他才想買幅畫回家掛著，裝飾一下。」

也許是因為找不到任何破綻，站在前頭的警察又皺著眉，再度不悅地打量了五人幾眼，之後才心有不甘似地揮了揮手，示意他們可以走了。

「演習就快開始了，你們快點回去吧！」

「是，是！謝謝警察先生！」

何文豪點頭哈腰，殷勤地向警察道謝，趕緊拉著其他四人離開，並由他殿後。以防萬一，何文豪往前走了幾步又回頭看一眼。那兩位警察仍站在原地，眼神帶著審視意味，一直盯著他們。

何文豪咬了咬牙，又裝作毫不在意地彎了幾次腰，隨後趕緊跟上其他四人的腳步。

他平常是個冷血的刑警，從來都不知道自己赤裸裸審視犯人的眼神有什麼不妥，但現在換成自己嘗到被人審視的滋味，還真是不好受。不過，在這種情況下體會到這一點，也讓他覺得有些諷刺。

他是為政府工作的人，如今卻為了推翻政府的陰謀而轉換立場，還要與政府對抗，不免有種自己至今為止都在助紂為虐的感覺。其實，他也不是不曾對政府的行事感到不滿，反倒正是因為他曾經對政府有所怨言，才會被列為重要監管對象。

正常來講，被列為重要監管對象的當事人並不會知道這件事，不過何文豪的長官十分看重他，曾經偷偷透漏消息給他，並要他安分一點，別再惹事，否則會連怎麼死的都不知道。然而，他現在做的事完全辜負了長官的一番好意及提醒，一想到這裡，他的心裡不免有些愧疚。

可是，都已經踏了半隻腳進來，就算現在想脫身也很難了。

何文豪甩了甩頭，將此刻無關緊要的想法全都拋到腦後，跟著其他四人一路連走帶跑地往前走。

一行人走過兩個街口，依照白晴說的往左轉，轉進一條小路。

張錦祥抬頭看向電線桿上的路標牌子，上頭的確寫著華陰街三個大字，放心了一半。

小路內，兩旁清一色都是紅磚建成的大樓，似乎都是住宅，樓牆上不像剛才的市場一樣，沒有掛著五顏六色的招牌，明顯清冷許多。

五個人看著門牌，一路尋找，從路口的一百三十五號一路往內找，最後總算在接近小路出口的地方找到了一百零三號。

「就是這裡！」胡如玉指著門牌驚呼一聲。

但是五人一看門口，又緊皺起了眉。

門口被貼滿了黃色的警告布條，上頭寫著「未經許可，不可進入」的字句。看來政府徹底封鎖了這棟房子。

「這、這該怎麼辦？」白晴顫著聲音問其他四人。

「只能看看有沒有其他地方可以進去了。」紀墨言說完，三個男人就紛紛往房子後頭走，想在四周找到可以進入的地方。

這時，白晴絕望地看著被封鎖的正門口，心裡又悔又恨。

當初，要是她不舉報李壹晴他們，或許今天她就不會被迫加入這個行動，也不會身陷這種困境，還有被逮捕的危險。但是，這又怎麼能怪她呢？

這都要怪許昭榮和李壹晴啊！

要不是他們，她根本不會想舉發這個總部，也不會因為李壹晴的死而心懷慚愧，受到莫大的折磨！從認識他們兩個之後，她的人生就亂了套！現在他們要是被抓到密謀推翻政府，那肯定會是死路一條……

白晴越想越恨，越想越後悔，所有思緒亂成一片，又因為絕望，雙腿無法克制地發軟，整個人瞬間癱坐在地上，讓攙扶著她的胡如玉嚇了一跳。

「白晴！妳振作點！」

白晴不停地搖頭回應胡如玉，眼淚又開始止不住地往下掉，嘴裡低喃說著：「我們完蛋了！我們肯定逃不過這一次……」

「不，不能那麼快放棄！妳快站起來，我們得找到辦法進去才行！」

「我不想死……我還不想死啊！我現在才總算有了一點名氣，不能在這裡毀掉！我的人生不能毀在這裡！」

或許是白晴的每句話裡都帶著自私，讓胡如玉聽得怒火中燒。她也蹲下身子，雙手一把揪起白晴的衣領，劇烈地前後搖晃著她，咬牙切齒地道：

「妳給我聽著，就像我之前說的，就算妳不想死，現在妳也沒辦法脫身了！即便妳現在逃走，要是我們被抓到了，我也會在審問時把妳供出來！」

白晴一聽，瞬間瞪大了眼，帶點憎恨又害怕地看著胡如玉。

「妳……妳放開我……妳別想害我……」

「哼，我想害妳？」胡如玉將臉湊近白晴，每句話都像從牙縫間擠出來一般，「妳別把錯推到我身上，是妳害了妳自己……如果當初妳沒有舉報協會，壹晴和許昭榮會被抓嗎？壹晴會死嗎？許昭榮會瘋掉嗎？妳今天還會被邀請到療養院嗎？」

「我……」

「別把妳自己想得太無辜了！這一切，都是妳自己一手造成的——妳才是那個始作俑者！」

「……」

幾句話狠狠地砸在白晴的心上，彷彿幾顆大石，重重壓在胸口，讓她瞬間喘不過氣，說不出話來。

而胡如玉見白晴嚇得噤住了聲，一把將她拉起來，也往房子後頭走去。

「我告訴妳，妳別想逃！妳一定要把過去的罪孽贖完才行！」

白晴像是絕望到失去了靈魂，完全不反抗，任由胡如玉拖著她走。

兩人走到屋子後面時，發現紀墨言等人正看著後門煩惱。

果然，後門也被封上了布條。

胡如玉不禁嘆了一口氣，有些頭痛地低下頭，揉了揉眉頭。紀墨言等人也煩惱地看著封鎖布條，正在絞盡腦汁想辦法。

不管怎麼說，他們都必須進去才行，畢竟另一份機密文件還在裡面。

這時，何文豪煩躁地狠搔了幾下頭髮，下定決心似地說：

「不管了，把布條拆了，直接進去吧！」

他說完，伸手就要扯下布條，做事一向謹慎的張錦祥趕緊攔住他。

「你等等，這樣如果有警察經過，不就會被他們發現嗎！」

「反正等我們公開了文件，政府還是會發現我們今天做的事，難道還缺這一樣嗎？」

何文豪只用幾句話堵得張錦祥不知道該怎麼辯駁，只能結結巴巴地說：「是、是這樣沒錯……」

一旁的胡如玉聽到這番話，似乎也覺得很有道理，上前一步說，「我贊成！現在最重要的是要拿到機密文件、告發政府，如果我們在這裡繼續猶豫下去，也是同樣會被抓。」

或許是覺得兩人說得有道理，又或者是覺得自己說不過他們，張錦祥收回了攔住何文豪的手，點頭同意。

「好吧。」

何文豪立刻走上前，一把扯下門上的黃色布條。但是，雖然扯下了布條，門還是鎖著的，何文豪不再遲疑，立刻一拳打碎了門板上的玻璃，將左手臂伸進門內，順利打開了門。

其他四人看著他毫不拖泥帶水的動作，都有點看傻了眼。

「……你們警察平常都是這樣闖進別人家的嗎？」胡如玉忍不住脫口說出心裡的疑問。

「……」

何文豪摸摸鼻子不回應，沉默地帶頭率先走進房子裡，其他四人也紛紛跟上。

由於窗戶都被封得很徹底，大部分的陽光都被擋在屋外，顯得屋子裡比外頭灰暗許多，只能靠從布條細縫透進來的陽光勉強看清眼前的景象。

後門一打開，見到的空間是廚房，只有右手邊有老式的生火爐灶。

五人陸續走過廚房的另一道門，門的另一邊似乎是客廳，左手邊則是通往二樓的樓梯。可能是所有東西都被政府搜括沒收了，屋子裡空無一物，連最基本的家具都沒有，真的是一間空屋，根本沒有可以藏東西的地方。

「這裡……真的有藏東西嗎？」張望四周的白晴害怕地蜷縮著身體，畏畏縮縮地問。

「好像沒有人跟我們說過藏在哪裡。」

隨著紀墨言的話，一行人都開始細細回想在療養院發生的一切，回顧自己有沒有漏掉什麼關鍵字句。

何文豪從宋玉華、宋馨和、許昭榮、吳鍾靈、范子文、張世明依序回想，這時，腦袋裡迴盪著張世明的聲音：

『當你們到達總部後，按照這個加密的指示找出我們藏在總部裡的文件……』

何文豪輕喊了一聲，「對了，剛才張世明有給我一張紙條！」

所有人聽到，立刻湊了過來，何文豪也馬上拿出放在口袋裡的紙條，攤開給眾人看——

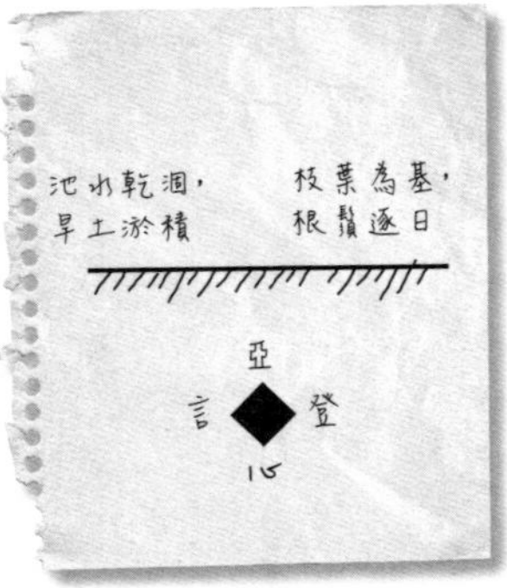

紙條上，以一條居中的黑線為分界線，黑線上方左右各有兩行四字詩詞，左邊是「池水乾涸，旱土淤積」，右邊則是「枝葉為基，根鬚逐日」，而黑線下方是正中央有個黑色菱形，四個角各有一個字，分別是「亞」、「登」、「心」、「言」。

五人看了，頓時傻在原地。

「這……是什麼意思？」張錦祥率先開口。

紀墨言搖搖頭，「我也不太懂。是要我們解文字謎嗎？」

「沒時間了，快點想辦法解開吧！」

在胡如玉的一聲令下，五人紛紛開始思考紙條上的意思究竟是什麼。時不時就有人拿著紙條翻看，又或者將紙條折來折去，但是都沒有找出頭緒。

「池水乾涸，旱土淤積，枝葉為基，根鬚逐日……」

胡如玉嘴裡呢喃著那四行詩詞，眉頭皺了皺，盯著字看了幾秒，突然有個想法閃過，立刻開口：

「等等，我好像想到了！」

胡如玉拿來紙條又從包包裡拿出一枝筆，其他四人都看向她，等著她解釋。只見她邊喃唸著詩詞，邊在紙上寫上「池」字。

「首先，池水乾涸，也就是去掉『池』的水字旁，再來是旱土淤積，所以在旁邊加上『土』字旁，就變成了『地』。」

所有人都吃驚地瞪大了雙眼，紛紛稱讚胡如玉，並且催她繼續說下去。

「這兩句是枝葉為基，根鬚逐日，那應該是將樹木顛倒過來，也就是『反』過來的意思，所以說，木加上反，也就是『板』！」

何文豪似懂非懂地點點頭，「所以說，就是地板嘍……？」

「那下面那四個字呢？」紀墨言著急地問。

「下面四個字其實我也想不太明白……我先寫寫看吧！」胡如玉邊說邊在紙條上寫下，「如果是將上下兩個字合在一起，大概會是『惡』，左右合在一起的話，會是『證』……」

「惡證？」

張錦祥的一句話讓眾人立刻想到了什麼，白晴帶著半信半疑的語氣說：「那麼，如果這條黑線以下是指地板下面，那是指惡證在地板下嘍？」

——理出線索了！

所有人頓時對望了幾眼，都開始低下頭，看著地板尋找，並不約而同地用腳不停踩踏腳下的大塊磁磚地板。

五人同時踩踏地板的動靜不小，這讓他們更加心急，更仔細地聽腳下的聲音。

半晌，紀墨言聽見腳下的磁磚發出清脆的聲音，明顯與其他地方的沉悶聲響不同，心裡一驚，立刻對其他人說：「在這裡！」

其他四人馬上圍了上來，低頭看著紀墨言所踩的地方。

那個位置在樓梯的下方，由於樓梯下面是挖空的，形成三角形的暗處。

紀墨言蹲下身子，又用手在剛才踩的位置上輕敲幾下，果然聽到了清脆空洞的聲響，更加確定那些文件肯定就是藏在這裡。

只不過，該怎麼打開呢？

紀墨言到處摸索，完全沒有看到任何開關，而且現在身上或房子裡都沒有利刃，就算想把磁磚割起來也沒辦法。

情況再度陷入膠著時，胡如玉拍了拍他的肩膀，要他讓出位置來。

「讓我試試看吧。」

「好。」

紀墨言退到一旁，看著胡如玉的動作。

只見胡如玉蹲下身子，手指在磁磚的縫隙間滑過，像在尋找什麼。

突然間，她的手指停住，冷不防地插入磁磚間的灰色間隙——磁磚間的縫隙居然像軟膠一樣凹陷下去，胡如玉的手指沒入其中。

那個地方不應該是堅硬的水泥嗎？為什麼她的手能那麼輕易地伸進去？

對此，相對淡定許多的胡如玉掀開了那塊磁磚，抬起頭就看到其他四人都用吃驚的眼神看著自己，她不以為意地聳聳肩。

「這是協會之前常用的手法，只是用矽利康偽裝成水泥，這樣就看不出來了。」

「……原來如此。」

雖然紀墨言十分欽佩想出這些手法的人，不過現在不是欽佩他人的時候了！一行人趕緊回過神，一齊看向藏在地板下的東西。

掀開磁磚後，裡頭有個鐵盒，紀墨言將盒子拿出來，打開盒蓋看，裡面的確有一份黃色文件。拿出裡面的資料稍微看了一下，他忍不住震驚地瞪大了眼。

紀墨言無法自制地顫抖著手，看向胡如玉。

「你們……是從哪裡拿到這些資料的？這些資料要是曝光，百姓們肯定會……」

「我們自然有自己的辦法。」胡如玉也瞥了一眼資料，之後吐出長長的一口氣，「還好這些文件沒有被政府找到，否則吳鐘靈他們現在早就不在人世了。」

紀墨言點點頭，想將文件收進包包裡。

這時——

「別動，噓——！」

何文豪伸出食指抵在嘴巴前方，示意所有人靜止不動，其他四人也頓時定在原地，不敢隨意動作，房子內瞬間一片靜默。

或許是做為警察的能力，何文豪的一雙眼睛緊盯著四面八方的窗戶。陽光從外頭投射了幾道影子進來，並且不時會晃動幾下。另外，再仔細一聽，房子外面似乎有刻意壓低的細微聲響……

「快把東西藏進去，我們被包圍了。」

「什麼！」

五人頓時陷入驚慌。紀墨言及張錦祥趕緊把身上所有的東西，包括在療養院拿到的文件、百日青的畫作全都放進那個地洞裡。

這時，砰——！

一聲巨響，正門口的木板門應聲被猛力踹開。大片陽光瞬間照入室內，一時之間刺眼到不行，讓適應了黑暗的紀墨言等人都不自覺地瞇起眼。

「通通不許動！把手舉起來！」

率先衝進來的男人大吼，手裡似乎還舉著槍。五人都立刻站直了身，並且高高舉起雙手。

不只是從正門，也有許多人從後門的方向衝進來，不到一秒，立刻就有五六個人將紀墨言等人團團包圍。

眼睛在這時慢慢適應了亮光，紀墨言看到正包圍著自己的人全都身穿警察制服，每個人手裡都拿著一把槍，烏亮到發光的冰冷槍口莫名地陰森，令人不寒而慄。

——失敗了嗎……

「怎、怎麼辦……我、我是無辜的啊！我是被逼的……」

一旁的白晴又忍不住哭了起來，瘦小的肩膀縮起來，不停嗚咽地哭。

剛才大喊一聲的警察看到，有點不耐煩地說：「閉嘴！有什麼話等回警局去再說！」

他似乎是帶隊的長官，只見那個警察對身後的人抬了抬下巴，命令道：

「全部帶走！」

一聲令下，所有警察都收起槍，分別走向紀墨言等人，準備將他們上銬帶走。

這時，白晴看準了自己的身旁有空隙可以逃往後門，立刻拔腿就跑！離她最近的警察立刻拔槍扣下了板機！

——砰！

隨後，屋內又響起幾聲雜亂的槍聲。

終章

自由的到來

「紀教授，您決定好新的論文要寫什麼主題了嗎？」

聽到晚自己幾年進來的後輩教授這麼問，紀承允在電腦前抬起頭，思考了一會兒。

這裡是紀承允的個人辦公室，位於政治系系所大樓的三樓走廊最盡頭。房內擺了一套辦公桌椅、一套雙人沙發及小茶几，以及排滿兩面牆的高大書櫃。上頭的書密密麻麻，有厚有薄，上面幾層的書顯然有了年紀，不僅書皮老舊脫落，上頭也蒙了一層灰。而辦公桌上堆放著幾疊高低不齊的文件及資料，整間辦公室看起來被塞得滿滿當當，也能看出辦公室的主人有多忙碌。

由於這裡屬於邊間，比其他辦公室安靜許多，很少有學生走到這裡來，再加上紀承允教授在系上就是以個性親切和藹出名，綽號「紀大佛」，所以有許多老師同事休息時就會往這裡跑，或者覺得學生太吵就跑來這邊避難。

紀承允年老、有皺褶的手指在電腦鍵盤上摩娑了幾下，遲疑地開口：

「目前我是有想研究的主題，但是我不確定適不適合。」

「哦？是什麼主題？您說說看吧，說不定我能給您一點意見。」

後輩教授逕自坐上辦公桌對面的客用椅子，興趣盎然地盯著紀承允看。

而紀承允往後靠上椅背，覺得有些好笑地看著後輩說：

「你應該知道我有個舅舅，在戒嚴時期時因為叛國罪而被通緝吧？」

「當然知道了！這件事，系上應該沒有人不知道吧？」

「嗯，我在想，這次的論文……想研究我舅舅，也就是被判叛國罪的人的行為動機，還有他們採取的行動。」

後輩教授稍微皺起眉頭，看起來有些困擾。

「可是教授，這……要研究的話，應該不簡單吧？」

「是啊，所以我也在猶豫。」

紀承允搔了搔開始淡化成灰色的短髮，接著撫過自己有點鬍渣的下巴。

「當年有很多文件都被政府銷毀，或者藏起來了，一般人很難得到資料。又因為年代久遠，很多民間的資料都遺失了。」

「是啊，畢竟都過了五十幾年，能保存下來才算厲害。」

後輩教授搖搖頭，嘆了一口氣後又問：

「不過，您為什麼突然想研究這件事？要是更早一點開始研究，或許會更好。」

紀承允有些頭痛地拿下厚重的無框眼鏡，也嘆了一口氣，無奈地回答：

「我母親最近身體不太好，又有失智症，常常唸著我舅舅的名字，說什麼『紀墨言，你終於回來了』、『哥怎麼還不回來』。

其實我對我舅舅的事也不太了解，對他也只有依稀的記憶。只知道他是在外地工作，每次只要他回來，都會陪我玩，但是時間過了很久，我只記得在那個時候，我母親每天都以淚洗面，傷心地看著門口發呆，像是在等誰回來。現在她老了，都生病了，竟然還惦記著哥哥……我就想查查看，看我舅舅當時到底發生了什麼事、現在怎麼樣了。如果他老人家還在，我也想把他接回來，讓他跟我母親團聚。」

「紀教授，您可真孝順，您母親真幸運。」

紀承允勾起淡淡的微笑，眼尾也隨著嘴角上揚而浮現細微的皺紋。

「呵呵！你少拍我馬屁了。」

「不不不，我可是認真的！」後輩教授說著說著，又收起了笑，認真問道，「但是，現在要查是真的很難查了，除非有一些門路……」

「我也正在想這件事呢。我想問問看幾位朋友，看能不能幫幫忙，讓我取得一些政府鎖起來的資料。」

「也是，戒嚴時期的許多資料都在政府手上，很難能看到。」後輩教授嘆了一口氣後突然一拍掌，神采飛揚地說：「嗳，對了！我有個朋友，或許可以幫上忙！」

「哦？」

紀承允好奇地等著他的下一句話。

———

依照手機螢幕上顯示的地址，紀承允來到市政府大樓旁的咖啡廳，在進門之前還特意確認了一下店名，確定無誤才推門走進去。

這間咖啡廳以木製裝潢為主，吧檯、桌椅、吊燈、窗框全都是木頭，店內的咖啡香中混和著木頭的香氣。紀承允有些侷促不安地左右看了看，聽到吧檯內的店員出聲打招呼，並指示他可以先找位置坐下，他才往店裡走。

其實紀承允不太習慣來這種地方，因為他平常都埋首於研究，除了上課，幾乎都是待在個人辦公室和家裡，很少會來這種新穎的咖啡廳。

他走過吧檯旁細窄的走道，後面有寬敞的座位區，擺著幾套雙人及四人桌椅，有幾組客人分坐在角落。

紀承允低頭按了幾下手機，撥出一通電話，耳邊傳來單調的等待聲的同時，店裡也有一陣鈴聲響起。他循聲看去，見到坐在角落的中年男子接起手機，紀承允客氣地笑了笑：

「陳先生，我看到你了。」

中年男子也循聲看來，掛掉電話時站起身來，對紀承允招了招手，臉上也客氣地堆滿笑容，伸出手和他握手。

「紀先生，你好你好！來，這裡請坐。」

「好的，謝謝、謝謝！」

這位陳先生身穿休閒的 POLO 衫及西裝褲，清爽的短髮一樣有點花白，臉上也有一點歲月留下的痕跡，和紀承允看起來差不多年紀，稍微發福的身材也十分有親民感。

「不好意思，陳先生，這次特地麻煩你幫忙。」

陳先生笑得眼角都長了魚，「不會！紀教授，能為你的研究出一份力是我的榮幸！」

在這之後紀承允點了一杯咖啡，兩人又寒暄了幾句才進入正題。

他端起黑咖啡輕啜了一口，問陳先生：

「陳先生，這次進去查閱資料，應該沒有其他人知道吧？」

「是的。我聽我朋友，就是和你同系的教授說你不想讓政府或其他人知道，對吧？」

「對，畢竟我要研究的主題很敏感，我怕太過高調，過程會更困難。」

「也對，當時的情況太特殊了。對了，我有先幫你查了一下當年的資料，你是想查一位名叫『紀墨言』的人對吧？」

紀承允點點頭，「對。請問有查到什麼嗎？」

「我查了當年的報紙、紀錄、官方文件，報紙查到的是最多的，因為有位記者的名字就叫紀墨言。」

陳先生從包包裡拿出一個文件袋並遞過來，紀承允接下後馬上打開來，抽出裡面厚厚的一疊資料翻看。

這些資料都是翻拍後印出來的，因為這些資料的正本都統一保存在國家的資料室內，也算是機密，因此紀承允既不能隨便進去，資料也不能隨便帶出來。所以嚴格來說，他其實也不知道像這樣請人翻拍資料是否違法，不過只要後輩不說，陳先生不說，紀承允不說，這件事就不會被發現。

至於翻拍出來的資料，的確大部分都是新聞報導，記者欄的下方就寫著「紀墨言」三個字，不過新聞內容倒是和紀承允想知道的事毫不相關。

「我的確有聽我母親說過他是一個記者。」

「原來是這樣。不過，他是不是後來就不當記者了？因為從八月十四日以後的報紙裡就沒有他寫的新聞了。」

紀承允翻看資料的手頓了一下，不知道在思索什麼，過了幾秒才回答：

「我舅舅在那之後就失蹤了，也不知道發生了什麼事。」

陳先生的臉色一僵，有點尷尬地低下頭，「啊……不好意思。」

「不會，你不要介意。我這次做這項研究，主要就是想找出我舅舅當年發生了什麼事，希望能有一個結果。」

「既然如此，我再幫您著重調查八月十五日當天的資料吧？」

「好，麻煩你了。那這些資料可以讓我帶回去仔細看看嗎？」

「當然可以！只是要麻煩你，別外洩了。」

「當然，我明白的。」

兩人之後又聊了一陣子關於研究的事情，約定好下次見面的時間後就分開了。

回去後，紀承允順路回到老家，拎著半路上買的桂花糕，準備去探望年邁的母親。

他的老家在郊區的小社區裡，不像市區那麼熱鬧，但也沒有都市的吵雜，還算寧靜。老家是間老舊的紅磚平房，從他十歲左右搬過來後，就沒有再翻新或更動過，所以帶著懷舊的氣息。

紀承允在附近的巷子裡停好車，往老家走去時，從小看他長大，如今也早已年邁的爺爺奶奶們紛紛向他打招呼。

「承允啊，你回來看你媽啊？」

「是啊，李叔，您走路小心啊。」

「噯，小承，你回來得正好！你幫我帶這些玉米回去給你媽媽吧！新鮮得很！」

「高嬸，我媽現在牙齒不太好，恐怕咬不動了。」

「那就叫你妹妹煮軟一點再給她吃～也不能因為牙齒不好就什麼都不吃啊！」

「呵呵！是，您說的是，謝謝您了，高嬸。」

一路上這邊問候、那邊招呼，短短幾公尺的路就走了快十分鐘，當紀承允來到家門口時，妹妹紀承芯早已經在門外等了，看到紀承允就伸出手幫忙拿東西，不過紀承允不讓她拿。

「妳怎麼站在外面，不待在家裡？」

「我是聽到叔叔阿姨們都在和你打招呼，知道你來了才出來的～誰叫你每次回來就像明星一樣，從巷子口就聽到大家在喊你的名字。」

「好了好了，別說了，先進去吧。媽呢？」

「在客廳等你呢，剛剛一睡醒，聽到你的名字就到客廳等了。」

妹妹帶點抱怨的語氣讓紀承允覺得好笑，事實上也輕笑出聲，拎著滿手的東西走進家裡。

一走進客廳，就看見頭髮全白，臉上滿是皺紋的母親對著他笑，開心到眼睛都快看不到了。

「媽，我回來了！」

「承允啊，回來了！吃飯沒啊？」

「吃了。媽，我帶了妳愛吃的桂花糕來，是市區裡那家老店做的，我特地去買回來的。」

「好好好～我的乖兒子！」

將東西放好，又問候了母親幾句，紀承允才坐到母親身旁的椅子上喝口水。母親今天的狀況似乎很不錯，沒有出現記憶錯亂的現象，就跟沒生病一樣。紀承允多和母親聊了幾句近況，之後小心翼翼地開口：

「媽，我能問一下關於舅舅的事嗎？」

母親臉上的笑容稍微僵了一下，但馬上又緩和下來。

「你還記得你舅舅嗎？」

「那當然，雖然我那時候還小，但我記得一些。媽，其實……我最近開始了一個新的研究，是想研究關於舅舅的事。」

紀媽媽的臉色沉了下來。

「……你想研究什麼？事情過去這麼多年了，你想知道什麼？」

「都過了那麼多年，媽，妳也會想舅舅吧？想知道他現在在哪裡，過得好不好不是嗎？」

「要是找得到，現在早就團聚了。你舅舅的事很複雜，別查了，我不希望你一個弄不好就把自己的人生賠進去。」

紀媽媽的態度讓紀承允沉默下來，不知道該繼續說服媽媽還是就此放棄，可是，他又不想這麼輕易就放棄，畢竟他研讀政治這個專業幾十年，多少也和舅舅的事有關。

他嘆了一口氣，態度又放軟了一些。

「媽，那我只問幾件事，得到答案後，我就不再深究了。」

紀媽媽看著自家兒子，深知他的個性耿直、固執，常常拘泥於一件事，若是沒有得到答案就不會放棄，如果只回答幾個問題就能讓他放棄調查當年的事，那也算值得了。

於是紀媽媽點點頭，「什麼事？」

「舅舅在被通緝之前是去了哪裡？他有跟妳說過嗎？」

「這個嘛……在他出事的幾天前，我們的確有通過電話。他好像說，他要去療養院探望一個朋友。」

「療養院嗎？」

「我也不太記得他說了什麼，只知道他說他那個朋友寫信來邀請他去探望自己，是需要坐一段火車的地方，我也沒細問。」

「信嗎……」紀承允低喃了一句。

如果是信，或許上面就有地址和寄件人署名，幸運的話可以找到那間療養院和那個住在裡頭的朋友。因此他又問：

「我們家裡不是還有一些舅舅的東西嗎？裡面有那封信嗎？」

但紀媽媽搖搖頭，「東西都不在了，那時候有人來把他的東西都拿走了，最後也沒有還回來。那封信估計也在那些東西裡面，我連看都沒看過。」

「這樣啊。」

真可惜。紀承允暗嘆了一口氣，又問：

「但是媽，舅舅在那之前就有那個徵兆了嗎？就是……想反抗政府、爭取思想自由之類的。」

紀媽媽再度搖了搖頭。

「完全沒有，所以當時他出事時，我也很驚訝啊。你舅舅一直是很守法的人，出了社會之後也遵守自己的職業操守，一直致力於報導民生新聞，他只是單純地熱愛寫作！他上學時不僅得過好幾次獎，寫的內容當然也很規規矩矩，完全沒有鼓吹什麼思想的問題！」紀媽媽一拍扶手，忍不住搖頭嘆氣，「誰知道會發生那種事……連我們家也受到了牽連。」

「……」

紀承允也沉默了下來。

當年發生那件事後，同學、朋友、親戚、鄰居都紛紛與紀家撇清關係，媽媽還失去了工作。不僅如此，連父親都選擇了離婚，丟下母親和兩個孩子不管，就怕會受到牽連。母子三人在那之後有一段時間過得十分慘澹，幾乎每天都會有政府官員找上門，就算沒人來盤問，家門口也每天都會有人在家附近徘徊。

當時的紀承允已經八歲，能記事了，至今都還記得那些人穿著襯衫、西裝褲，看起來都十分正派，但眼神分明都帶著仇視。紀承允知道，那些人是在監視他們，看看他們是否也跟舅舅一樣想違抗政府。幸好在那之後過了一兩年，那些人越來越少出現，母子三人也搬到了現在這間房子，重新開始新的生活，一切才逐漸好轉。

或許是想起了那些年難過的日子，紀媽媽嘆了一口氣，略顯疲憊地擺了擺手說：「唉，扶我進房間躺一下吧，我有點累了。」

「好。」

紀承允和妹妹一起攙扶著年邁的母親，慢慢帶她走進房間，並將母親安置在床上。紀承允又坐在床邊和媽媽說了幾句生活上的叮嚀，之後才離開房間，讓母親好好休息。

回到自己在學校附近獨居的住處後，紀承允立刻打開電腦，搜尋當年的療養院。

雖然他是跟媽媽說問完那幾個問題就不會再深究了，但那當然不是認真的，紀承允利用媽媽提供的幾個線索，開始認真地搜索。

離當時舅舅居住的地方需要坐一段火車的療養院……他以此為線索查了一會兒，但是一直都沒有得到任何有用的結果。最後他還是拿起了手機，傳了封訊息給陳先生，請他幫忙查查看符合條件的療養院。

• • —

其實紀承允並不怎麼期待能查到什麼結果，畢竟當時的時局、情況特殊，就算有沒留下資料或紀錄的機構也不奇怪，而且又過了那麼多年，遺失了資料也很正常。

然而，幾天後他收到了陳先生的好消息。

『紀教授，我沒有查到您說的療養院，不過我查到了一張訪客登記表，上面有你舅舅的名字，好像還是一家療養院留下來的。』

訊息之後，陳先生也傳來一張照片。

照片裡的紙張泛黃斑駁，邊邊角角都有點破損，不知道是被蟲咬還是折損的，看得出來歷經長久的歲月。不過上面表格裡的字跡還是很清楚，黑色原子筆勾勒出不同字跡，有秀氣有豪邁。紀承允放大照片，細細地由上往下看，視線最後定在第五列——

『訪客姓名：紀墨言；時間：八月十五日；病人姓名：宋玉華』

「八月十五日……宋玉華？」

紀承允從沒聽過這個名字，紀家也從來沒有姓宋的親戚或者朋友。

他再抬頭看到這張表格的最上面，以標楷體印著的表格名稱，微微皺起眉唸出聲：

「長安……療養院？」

雖然墨水有點斑駁脫落，但還是很清晰。

紀承允立刻放下手機，用辦公室的電腦查了這間療養院。但是果不其然，沒有查到任何結果或資料。想想也是，這間療養院說不定在政府開始紀錄前就倒了，又或者資料在這幾十年中遭到了銷毀，這很難說。

紀承允忍不住重重嘆了一口氣，這感覺就像好不容易抓到了一條救命線卻被突然割斷一樣，讓他的心情沉悶起來。他有點自暴自棄地隨意點了點其他選項，都一無所獲，但在按下「圖片」後，在一堆療養院的照片中出現了一張泛黃的黑白照片。

這張照片一眼看過去沒什麼稀奇的，也是隨處常見的療養院外觀，但吸引他目光的是照片裡的建築物上鑲著的五個字——長安療養院。

「找到了……！」

直覺告訴紀承允他找到了重要的線索，馬上就抓起手機，撥了通電話給陳先生。網路電話的等待聲響了幾聲後被接通。

『喂，紀教授？』

「陳先生，抱歉，突然打給你，現在方便說話嗎？」

『沒事，不要緊，你說吧！是關於剛才那張照片的事嗎？』

儘管對方看不到，紀承允仍用力地點著頭，「對！陳先生，可以再麻煩你幫我查一下這間長安療養院，看看有沒有資料嗎？」

還以為這次拜託陳先生後，會需要再等一段時間才能得到結果，不料陳先生卻說：

『我就知道你會這麼說，所以正在翻資料呢。』

紀承允感激地鬆了一口氣，抹了一把臉後說：「真是太感謝你了！那有結果了嗎？」

『我特意縮小了年分和日期找過資料，發現的確有一家長安療養院就在火車站附近的山腳下，而那個火車站也需要坐幾站才能到你提供的地址——啊，這裡有病人的名冊！你稍等。』

「好。」

電話那頭除了呼吸聲，還傳來細微的聲響，像是紙張摩擦及翻找東西的聲音。紀承允沉著氣等了一會兒，不久後卻等來一聲驚呼，使他忍不住問了一句：

「怎麼了嗎？」

『紀教授！這……我們好像找到了很不得了的東西……』

「什麼？」

『教授，我等等聯絡你。』

不等紀承允回應，另一頭的陳先生馬上掛斷了電話。

「什麼？陳先生——」

耳邊傳來「嘟」的一聲後，手機歸於寧靜，紀承允眉頭深鎖地看著回到對話視窗的螢幕，心裡焦急又不解，但又知道這時候最好老實地等著，因為陳先生的語氣聽起來十分驚訝，還說是很不得了的東西……這下可能真的挖到大線索了。

於是他又等了一會兒，左手食指不斷敲著桌面。

時間大約又過了十分鐘，手機還是安靜無聲，這時他按捺不住焦急，傳了訊息詢問。

『紀承允：陳先生，怎麼了嗎？』

『紀承允：是不是發生了什麼事？』

過了一秒、一分鐘、五分鐘、十分鐘……陳先生連一條訊息都沒有，聊天室裡毫無動靜。

紀承允咬了咬牙，心裡開始掙扎。

他想打電話過去，但是陳先生會掛斷電話就代表不方便說話，可是傳訊息也沒有讀，不知道是不是發生什麼事了。

擔心和焦急在心裡交錯纏繞。

又等了五分鐘，正當紀承允放棄掙扎，拿起手機打算打電話過去時，訊息顯示為已讀了。

正要按下通話鍵的手指停在半空中，一雙眼睛死死盯著聊天室的最底端。過了幾秒，螢幕上跳出一張照片，之後又出現一行字。

『陳先生：我們見面再談吧。』

紀承允點開照片，發現是一張病患名冊，上頭記錄著病患姓名、入院時間、入院原因及出院時間。他放大照片，一一看過病患姓名，在第五行的地方看到了「宋玉華」的名字。

『姓名：宋玉華；入院時間：四月五日；入院原因：違反國家情報安全法／間諜罪。出院時間：民國五十二年十二月四日。』

……間諜罪？等等，這不是那家長安療養院的病人名冊嗎？為什麼會把犯了間諜罪的人關進療養院？

紀承允直覺那家長安療養院有點不對勁。就目前得到的資料來看，那間療養院的過往紀錄似乎都存放在政府的機密資料庫裡，那陳先生手上肯定有更多資訊。

他回到聊天室，打下一段訊息：『陳先生，我想麻煩你詳查這間長安療養院，我們見面談吧。』

———●●

幾天後，紀承允又走進了上次與陳先生見面的咖啡廳。依舊是那個雙人座位，兩人相對而坐，但氣氛顯然不如上次那麼輕鬆。

陳先生率先拿出一個厚實的文件袋，壓低聲音說：

「這些資料可能會對現在的局勢產生很大的變化，人們的認知有可能都會被改變……你要小心處理。」

紀承允皺著眉，一臉嚴肅地打開文件袋，拉出一點資料來看。裡頭都是長安療養院的紀錄，包括病人名冊、每日記錄等等。他先大致翻看了一下，但是看到某一頁時，他驟然停下動作，定睛細看。

資料中寫著：

『用刑紀錄：

十月十八日，經過兩小時的電椅用刑之後，犯人堅決不開口吐露實情。但犯人明顯氣力衰竭，經評估後選擇改日繼續審問。

十月二十日，進行鞭刑。犯人坦承出現在違反組織總部地點的用意，已告知行政機關，將前往搜索……』

他不自覺地瞪大了眼，拿著資料的手驚訝到微微顫抖。

沒想到……昨天自己的猜測，竟然是真的。

「所以這間療養院關的都不是病人……」紀承允的聲音都在發顫了。

只見陳先生沉痛地點點頭：

「沒錯，這些資料都被收在政府的機密資料庫裡，都沒有人知道。那間療養院……根據紀錄來看，在戒嚴結束的前兩年就默默關閉了，所以幾乎沒有人知道它的存在，在對外的資料中，這間療養院的所有資訊也早就被刪除了。」

「所以人民都不知道這件事。」

「對，而且這些資料被鎖在機密資料庫裡，外界根本不可能拿到，也沒有人會想到要來查這些資料。」

突然覺得有點口乾舌燥。紀承允清了清喉嚨，端起咖啡啜飲一口，想吞嚥下去時卻發現難以下嚥，甚至有點反胃。他勉強壓下就快湧上來的胃酸，用咖啡沖下去，但還是消除不了反胃感。

他深呼了幾口氣，努力讓自己保持鎮定，繼續問：

「我昨天……從你傳給我的照片中，看到了出院時間。所以這些人是真的出院了嗎？還是……還是……」

後面的話像骨骾卡在喉頭，根本說不出口。

或許是意會到了紀承允想說的話，陳先生重嘆了一口氣，面色沉重地點了點頭：

「恐怕都已經不在了。那個出院時間，極有可能是死亡時間。」

話音剛落，那些早已斑駁模糊的記憶似乎又鮮明生動了起來，一一浮現在紀承允的腦海裡。

舅舅總是穿著襯衫、揹著厚重的背包，全身都散發出溫文儒雅的氣息，是個書生。記憶中的舅舅都笑得很溫和，似乎不為凡間事煩惱。陪他玩球的舅舅、教他學字的舅舅、每次回來都會帶禮物給他的舅舅……

若是被抓到，就會死於政府的嚴刑拷問下。

一想到這點，胃酸又一股湧上，紀承允連忙摀著嘴衝進洗手間，連鎖門都來不及就抱著馬桶嘔吐。然而，吐出來的卻只是淡黃色的胃酸，之後他又瘋狂乾嘔了一陣子才平息下來。

「紀教授，您還好吧？沒事吧？」

陳先生隨後跟了進來，在他身後似乎還有聽到聲響而過來關心的店員，可是他們說的話都沒有傳進耳裡，全被強烈的耳鳴聲蓋過。

視線出現重疊的影像，紀承允在恍惚間努力地吸氣、吐氣，讓自己保持清醒，並同時拚命消化剛才得知的真相。畢竟這件事對家屬來說，不知道有多殘酷。

●————

當天晚上，紀承允回家躺在床上一整晚，完全無法起身，腦子裡閃過的都是自己曾經見過的刑求工具。水箱、電椅、鞭刑……以前看到這些道具的照片，雖然覺得可怕，也很同情那些遭到刑求的人，但其實心裡還是覺得不關己事。

因為只有不相關的人看到受害者才會產生同情的情緒。

然而當這件事情牽扯到自己的家人，或者發生在自己的周遭，他就再也無法撇下關係，無法將自己從其中拉扯出來，他的胸口緊緊地揪著，幾乎快喘不過氣。

一直到了早上，窗外的天色漸亮，陽光也從窗戶灑入室內。屋外的音量開始拉大，除了鳥鳴，漸漸多了一些人聲及車聲。紀承允仍舊躺在床上，勉強嚥下一口唾液又盯著天花板，聽著窗外的種種聲響放空腦袋。

直到有人按了門鈴。

一大清早的，不曉得是誰來了，紀承允勉強地拖著身體走到門口，一把拉開門，看見自家妹妹站在門口。

「承芯？妳怎麼那麼早過來？」

「誰叫你一直不接電話，我昨天晚上不知道打了多少通給你，你完全沒有接。」

「喔……抱歉，我沒有開鈴聲。」

因為工作的關係，他一直都沒有開鈴聲，以免在上課時突然響起。另一方面大概也是因為他昨天渾渾噩噩的，根本沒有心思注意到其他事情。

紀承允有點抱歉地搔搔頭。

「進來吧！有事進來再說。」

沒想到紀承芯搖搖頭，拒絕了。

「不用了，我還要去上班，只是提早過來一趟而已。」

紀承芯在哥哥疑惑的眼神下，從包包裡拿出一封信，遞給紀承允。

「這是昨天寄到家裡的信，我打給你就是想問你這封信重不重要，需不需要幫你送過來。但是你沒接，媽又怕這是很重要的信，就叫我今天送過來了。」

「信……？」

從妹妹手中接過信後，紀承允前後看了看，只是普通的信封。

「好了，哥，我還要趕上班，要先走嘍。」

「喔，嗯……妳路上小心一點啊。」

「好。你以後記得要接電話，聽到沒有！」

「好～謝啦！」

目送妹妹離開後，紀承允一邊走進家門一邊疑惑地看了看這封信。信封上的字跡很陌生，地址也是不認識的地址，完全摸不著頭緒，因此一進家門，他馬上就拆開了那封信。

裡頭只有一張信紙和一封信封。那張信封裡又有一張信紙，紀承允疑惑地皺著眉，攤開了那張舊的信紙，上面的字跡端正秀雅，帶著文雅氣質。

『致承允

久未相見，不知家人們是否都安好，我是舅舅墨言……』

看到這裡，紀承允的精神一振，驚訝地將信紙湊到眼前，三番兩次地確認自己沒有看錯，這才趕緊看下去。

『……很抱歉，多年來都沒有與你們聯繫。這些年，我都躲藏於遠離政府、遠離城市的山村中，因為害怕連累家人，一直不敢寫信與你們聯繫。但我想，即使我不和你們聯繫，恐怕也已經殃及你們了，對不起。

真的很對不起。

但是，我不後悔。

當你看到這封信時，我想，很有可能就是我離開人世以後了。

我想將當年的真相告訴你，並希望你能支持我的信念，幫我完成最後一個心願。

所以若你收到了這封信，請至華陰街一零三號。所有的真相及證據，全都藏在那裡的地板下。

請替我完成，我未能完成的任務。

最後，也請你替我好好照顧你媽媽。

舅舅　紀墨言　筆』

紀承允顫抖著手，將這封信看了一遍又一遍，眼裡都不自覺地聚滿了淚。當年，舅舅為了他說的什麼任務、真相，從此失去了蹤跡，沒和家人聯絡。沒想到終於收到了他的信，卻已是天人永隔……

紀承允的視線看向另外一張信紙，也攤開來看。

『紀承允先生您好

敝姓謝，我父親是紀叔叔的朋友。

這次是因為我父親去世，當我們整理他的遺物時，找到了這封信。這應該是紀叔叔交給我父親保管的信，但我爸爸不知道為什麼沒有寄出，我想這封信還是應該要物歸原主，因此就依照那封信上寫的地址寄給您了。

從小，我記得紀叔叔一直都是一個人生活，一個人住，總是孤零零地住在山上的某間小屋子。一直到今天看到這封信，我才明白了原因。

但是很可惜，紀叔叔在民國五十九年就離世了。也很抱歉，詳細的時間及原因我並不清楚，我父親並沒有跟我說。不過，父親當時有安葬了紀叔叔，也有定時去探望他。

這邊附上他安眠的地址，希望你們能團聚。

也希望這封信有平安送到您的手裡。

謝先生　筆』

紀承允的視線被眼淚模糊，哽咽得有些喘不過氣。

因為他能想像到紀墨言這幾十年來，過得有多卑微，有多艱難。

雖然知道家人們都在找他，但他不敢現身，不敢靠近，只怕會害得家人更慘。

他想家、想家人，卻不能回家，連寄封信都不敢。

甚至，死去的時候都沒有家人陪在他身旁，無人曉得，孤獨地離世。也沒有家人好好替他處理後事，送他離開。

多麼可悲。

多麼淒涼。

舅舅他……究竟做錯了什麼事呢？

眼淚無聲地不斷滴落，滑過臉頰，紀承允都替舅舅感到委屈。

因為這一切，都是因為當年的局勢造成的。龐大的政權沉重地壓著弱小無助的人民，壓得人們喘不過氣，只能縮小自己的自尊，卑微地過活。

在委屈過後，紀承允又感覺到了一股火氣升起，在心裡逐漸燃燒旺盛。

他咬了咬牙，再度拿起紀墨言所寫的那封信，緊抿著唇。

——舅舅，我支持你，我肯定會完成你的心願。

如此下定決心後，紀承允立刻收拾好東西，打理了一下自己就衝出門。

當然，他也曾想過過了這麼多年，那間房子搞不好已經拆掉了，裡面的東西都早已遭到破壞，或許那些東西都不在了。但是，當他在導航系統中輸入這個地址後，竟然還可以找到地點！那就先去了再說，別想那麼多了。

紀承允一路驅車趕到離居住地不遠的城市。

這裡不愧是台灣的首都，人聲鼎沸，車流也不容小覷。紀承允慢慢開著車，跟著導航走，最後來到舊市區裡的一處住宅區。

這裡的房屋大多都是以紅磚建造，充滿了懷舊的氣息，不過偶爾會參雜幾棟現代化的公寓大樓在其中，車流也來來往往，現代與昔日古老的元素融合在同一個街景裡，有點違和卻又莫名融洽。

目的地似乎是在窄小的巷子裡，車子開不進去，因此紀承允將車停在附近的停車場，手上拿著手機導航，走進小巷裡尋找目的地。

一走進小巷，紀承允忍不住倒吸一口氣。巷子外的房子還多少有點現代化的感覺，但巷子裡的房子完全都是以紅磚建造的透天厝，濃濃的年代感，走進這裡就彷彿回到了一九六〇年代。

他一邊走，一邊吃驚地環顧四周。說真的，若這些房子真的是從那時候留下來的，根本可以說是文化古蹟了，每塊紅磚上都有風砂吹過留下的刮痕，有些甚至被磨掉了一角，表面斑駁。

每間房子門口掛著的門牌也是，雖然有些房子有掛上現在的門牌，但也有人將以前的門牌留下來，就掛在新門牌旁邊。

既然有新門牌，那就代表這些房子裡還是有住人，真是奇妙。因為近年來政府都在積極推動都市更新，許多老舊的住宅房屋都會拆掉重建，但這裡似乎沒有遭到現代化的蹂躪，保留得很完整。

這讓喜歡歷史的紀承允不免有點激動，滿臉好奇地四處張望，一直到快走到巷子的盡頭，他看到某張門牌才停下腳步，腦袋瞬間冷靜了下來。

——華陰街一〇三號。

「竟然還在……」

這根本就像是奇蹟。

紀承允走到騎樓下，走近那塊門牌，想確認自己有沒有看錯。然而，他顯然沒有看錯，用鐵鑄造的門牌因為經過長久的時間而有些折損，但還是能看清楚上面的文字，並且文字順序是從右到左，看來的確是以前留下來的。

房子的門是木板門，上半部有四方格的半透明玻璃窗。紀承允湊近門上的玻璃窗，想看看裡面的情況。或許是真的許久沒人居住了，裡面看起來一片空蕩蕩的，玻璃窗的四角還有白色的蜘蛛絲。

好，既然找到了這間房子，那麼最重要的問題來了——要怎麼進去呢？

紀承允先伸手握住正門的把手，試著轉動了一下，但果不其然，門是上鎖的。想也知道不可能沒鎖，誰家的房子不會鎖門啊。

話雖如此，紀承允並不是會輕言放棄的人。他心想，住宅都會有後門，就繞去後面看看情況吧。於是他抬腳走到隔壁條巷子，果真找到了後門。

但是很奇怪，後門的玻璃顯然跟正門是不同材質，後門上是用全透明的玻璃，應該是後來才換過的。

他又探頭湊近玻璃，這次他清楚地看到屋內的確沒有東西，空無一物。

由於身體一直往前傾的關係，紀承允的手輕輕碰上後門的玻璃，想找地方支撐，但這時，門鎖發出了喀嚓一聲，門板緩緩地往內打開了。

這突如其來的狀況讓紀承允愣了一下，一臉無法理解地低頭看了看自己的手，他很確定他只有碰了一下玻璃，門就自己打開了，唯一可能的解釋就是門鎖太舊了，已經沒有該有的功能，所以輕輕一碰就打開了。

不過這樣正好，既然門開了，這就是個大好機會。

紀承允又將門板推開了一點，生鏽的零件發出「嘰——」的刺耳聲響。

門外的風吹進室內，吹起了一層厚厚的灰塵，在明亮的陽光下一閃一閃的，變成零星的光點，飄到空中又慢慢掉下來。

大量的灰塵讓紀承允忍不住往後退了一點，克制不住地咳了幾聲，並一隻手摀住口鼻，另一隻手試圖揮去身周的灰塵。等到灰塵都差不多安穩落地、平息下來，他才邁開腳步走進屋子裡。

從後門走進去，他先來到了廚房。右手邊是老式的爐灶，因為許久沒用，結了許多蜘蛛網。

紀承允經過廚房，來到了客廳。屋內的地板是用大塊磁磚拼成的，紀承允穿的皮鞋踩在上面都會發出「喀喀」聲響。

舅舅在信中說，東西就藏在地板下。

於是他從窗戶邊開始，沿著牆壁慢慢地走，繞了客廳半圈，走過剛才經過的正門。接著他繼續走到第三面牆，這裡有一道樓梯通往二樓，是以木材製成的，因為時過許久又沒人保養、打掃，木材變得坑坑洞洞，幾乎每一塊都缺了好幾角，彷彿踩上去就會脆弱地垮掉。

他繞過樓梯，繼續往前走，視線四處張望，希望能發現有什麼不對勁的地方。然而，眼睛是一無所獲，耳邊卻聽見與剛才的腳步聲明顯不同，特別清脆的一聲「喀噠」。

他停下腳步，低頭看向自己的腳下。

紀承允思考了幾秒，因為不確定是不是自己聽錯了，他抬腳退後一步，之後再踩上那塊磁磚——

喀噠。

這塊磁磚的聲音果然和其他地方不同。

紀承允的心臟猛然跳了一下，立刻蹲下來，再用手指的關節處輕輕敲了幾下，並又敲了旁邊的磁磚做對比，但這一片磁磚的聲音果真比其他地方清脆許多，下面應該是空的！

紀承允開始細細觀察這片磁磚，畢竟既然這片瓷磚下是空的，那肯定有辦法把它拿起來才對。可是這片磁磚很完整，沒有任何裂痕，那麼，或許機關是在旁邊的縫隙！

他伸出雙手的食指，順著磁磚的邊緣縫隙滑過。磁磚的縫隙是用水泥填補黏貼的，摸起來有點粗糙，但在某一秒，粗糙的觸感突然變成了平滑的塑膠感。

紀承允心下一驚，立刻來回摸著觸感不同的地方，發現只有這一部分的縫隙是軟的，顏色也與其他縫隙有些微不同。

是矽利康！

紀承允馬上猜想到了什麼，試著將手伸入矽利康的縫隙裡。

手果然很順利地穿過了矽利康縫隙，他抓住磁磚的邊緣，往上掀開！大量的灰塵揚起，但他管不了那麼多了，拚命用手揮開遮擋住視線的灰塵，定睛看向磁磚下——

挖空的地下空間中，放著兩個文件袋及一幅畫。

紀承允小心翼翼地從地洞中拿出放在裡頭的東西，也許是因為地下潮濕，又長年放在土壤上，兩個文件袋都像染上了汙水，又黑又髒，還有一點軟，還有一些囓齒動物啃咬過的破洞，裡頭的資料也有一些破損。

至於那幅畫，似乎也受了潮濕的影響，畫框有些發霉，玻璃也變得脆弱，紀承允的手指只是輕輕壓到其中一角，那一角的玻璃就發出清脆聲響，碎裂一點。

不行，這些東西都必須帶回去好好烘乾、清潔一下，不能再有受損了。

紀承允謹慎地將文件放入包包，並用雙手捧著那幅畫走回車上，驅車回到住處。

回到住處後，紀承允將文件袋裡的資料一張一張擺在客廳的大茶几上，並用吹風機小心翼翼地吹乾。同時，他在回家的路上順路去買了新的畫框，打算把畫換到新的畫框裡。

他一邊舉著吹風機，一邊看著紙張上的內容。雖然黑色墨水有一點暈開來了，不過還是能勉強看清楚其中的字句，並一邊喃唸出聲。

「……因此決定，將在八月十五號……以演習之名義，掃……盪共匪，以及鼓吹自由思想之人……」

看到這裡，紀承允不由自主地定住了動作，看著紙上的字句思考。

「以演習的名義，掃蕩共匪以及鼓吹自由思想的人……？」

這樣……不就是欺騙人民嗎？也就是假演習，真清鄉？

紀承允突然意識到，這些文件要是曝光，極有可能會引起軒然大波！

他繼續看完這兩份文件，徹底了解到這就是揭穿政府陰謀的證據，的確就是當年舅舅藏起來的東西！

當年政府或許也在找這些東西，但是沒有找到就放棄了。然而沒有人想得到過了這麼多年，這些東西還在。雖然現在的政府不一定知道這件事，可是這些文件絕對不能先被公家機關發現，否則極有可能會為了掩蓋當年的陰謀而遭到銷毀。

那麼，跟這些文件放在一起的畫說不定也藏著什麼訊息！

將文件全部吹乾後，紀承允先將資料一一收好，放進新的文件袋中保存。之後他拿來那幅畫，動作輕緩地打開背後的木板——

裡頭除了畫作，還有一封白色的信。

或許是因為被夾在木板和畫作中，信保存的狀況比那些資料好多了。他立刻拆開信封，從裡頭拿出一張紙，上頭的筆跡秀麗工整，如此寫道：

『這幅畫是我之前的畫作，〈燃燒的百合〉的真跡。獻給我所重視的朋友們。

黃桑，還有其他有一面之緣的青年們，我知道我這趟一去，應該是回不來了。

本來希望能好好地跟大家道別，假以時日真能再相會，盼能在碼頭小酌敘舊。

畫中之物以高貴情操之名，象徵我們奉獻的精神。

希望未來能在這塊土地上遍地開花。

摯友　李壹晴』

這想必是畫家的遺書……或許，她已經猜到了故事的結局，才會留下這封遺書和畫作吧。

紀承允又伸手小心地拿起畫作，將它安全地移到新畫框裡，這才仔細地端詳這幅畫作。

畫作幾乎沒有受損，上頭只畫了一盆純白的百合，在純潔的花朵中，有鮮豔的紅色火焰穿插於其間。

百合，就如那封遺書裡所寫的，象徵著純潔、高貴的情操。那些火焰大概就是欺騙人民、束縛人民思想的政府，像一把熊熊燃燒的火，企圖將百合火燒殆盡……

想到這裡，紀承允不禁紅了眼眶。

在那個年代的人們，包括自己的舅舅，為了自由思想、民主是活得多麼辛苦，甚至……情願忍受殘酷的刑求、卑微地躲在世上的某一角，也不願屈於專制獨裁。

在黑暗的牢房裡，沒有任何光明，只能被困在沒有出口的地獄，每天過著生不如死的日子，一張嘴就是淒厲的哀號，卻無法傳到任何人耳中……

腦海中再度浮現人們遭到刑求的畫面，紀承允的心彷彿被人緊緊揪著，痛得無法言語，只能大口呼吸，像隻離開水中過久的魚。

不知過了多久，這股沉悶的窒息感才漸漸平息下來，同時，紀承允也拿來手機，點開了陳先生的聊天視窗。

• • • • •

紀承允決定要公開這一切。

他事先告知了陳先生，並保證不會透露出任何關於對方的訊息。接著，他將陳先生提供的療養院紀錄資料、假演習真清鄉的公文、舅舅藏在地板下的兩份文件以及畫家的遺書影印了好幾份，分裝成好幾個文件袋，也拍下了畫家百日青遺留下來的那幅百合畫作，附在文件裡。

在某天凌晨，他穿著一身黑色服裝，更在外頭套上黑色風衣，戴著兜帽及口罩，完全將自己遮得嚴嚴實實，帶著那幾份文件出門了。

夜黑風高之下，紀承允親自將這些文件一一投進了各家報社、電視台的信箱或者收件箱。

他曾想過許多方法，但想來想去，還是認為這是最安全、最不會留下任何足跡的方法。

畢竟電話、電子郵件都有可能遭到追蹤，雖然也可以利用海外IP之類的常見手法躲避，可是他一個年邁歷史學家，實在沒辦法搞懂那些東西，也不方便請人幫他。因為要是這件事被發現，很有可能會被人盯上，還可能會被安上任何莫須有的罪名，多一個人知道，風險就越高。

其實，紀承允不曉得這些文件會不會被公開，又會不會有報社注重這件事，但如果這個管道行不通，他還有很多種方法。

為了完成舅舅的遺願，無論如何都必須公開這件事。

不過，看來是奏效了——

坐在個人辦公室裡，紀承允端起一杯咖啡湊近嘴邊，淺啜了一口之後抬眼看向螢幕上的新聞畫面。

『……近日有周刊接獲爆料，在戒嚴時期，政府曾捏造藉口，藉機掃蕩、抓捕民眾。知情人士提供的資料指出，當時的政府是以演習為藉口，也就是假演習，真清鄉。這個消息一瞬間引起社會譁然，更有民眾到總統府前抗議，希望政府出來解釋……』

『政府當時將抓捕到的民眾關進一家療養院。雖然是叫療養院，但它的真面目其實是政府私下刑求逼供的監獄。據當時住在療養院附近的老居民所說，晚上經常會聽到慘叫聲，其實居民早就有所猜忌，但因為當時政府的高壓政策，沒有人敢抗議……』

『……關於長安療養院，官方的資料裡幾乎沒有任何這家療養院的資訊，但爆

料者提供的資料顯示，這間療養院確實存在，那麼，有沒有可能是政府刻意掩蓋事實，刪去了療養院的資料？所有人都抱持著不同意見……』

『我台也收到了一幅畫作，是由當時的知名畫家百日青所創作，名為〈燃燒的百合〉，以及百日青本人的遺書。當年百日青是知名的年輕女畫家，但是某一天卻突然失蹤了，從此下落不明。從遺書內容來看，百日青極有可能就是在當時被政府抓進療養院的其中一人……』

『也有一派人士質疑，即使當時正值戒嚴時期，禁止所有鼓吹自由和民主的思想，但就算如此，使用殘酷手段刑求拷問的做法是否太過火了……』

文件送出去後，不到一天，幾乎每個新聞台都大肆報導了這件事。有許多人也依循紀承允找到的資料繼續往下深究，挖出更令人憎恨、心痛的事情。就像是將一顆小石子扔進平靜的湖裡，激起了一波波的漣漪。

紀承允看著螢幕上的畫面，不由自主地開始發愣。

老實說，他沒想過這件事爆料出去後會引起什麼風波、造成什麼影響，他只曉得這件事必須公諸於世，必須讓人們知道當時的政府有多殘忍、多無情，以及那個時代有多麼可悲，而我們現在所擁有的自由，都是由前人以無可計量的血和淚換來的。

多麼珍貴，多麼可貴，又多麼寶貴。

紀承允關掉電視，再度端起咖啡，並起身走到身後的玻璃窗，抬頭仰望著高掛在天上的太陽，又轉頭看向掛在辦公室牆上那幅或紅或白，熊熊燃燒著的百合。

「舅舅，我敬你。」

他朝那幅畫舉起咖啡，輕聲說道。

——敬，得來不易的自由。

（完）

革樓

笨蛋工作室——監製・故事設定
廖柏茗——編劇
冰糖優花——作者

2022年3月24日 一版第1刷發行

發 行 人＊岩崎剛人
總　　監＊呂慧君
編　　輯＊黎虹君
封面設計＊Z設計
版型設計＊許景舜
印　　務＊李明修（主任）、張加恩（主任）、張凱棋

台灣角川

發 行 所＊台灣角川股份有限公司
地　　址＊104470台北市中山區松江路223號3樓
電　　話＊（02）2515-3000
傳　　真＊（02）2515-0033
網　　址＊http://www.kadokawa.com.tw
劃撥帳戶＊台灣角川股份有限公司
劃撥帳號＊19487412
法律顧問＊有澤法律事務所
製　　版＊尚騰印刷事業有限公司
ＩＳＢＮ＊978-626-321-291-6

國家圖書館出版品預行編目資料

革樓/冰糖優花作. -- 一版. -- 臺北市：臺灣角川股份有限公司, 2022.03
面；　公分.

ISBN 978-626-321-291-6(平裝)

863.57　　111000559